讀書讀書

讀書讀書

周作人 林語堂 老舍 等
陳平原 編

CityU
香港城市大學出版社
City University of Hong Kong Press

項目統籌　陳小歡

實習編輯　黃瑋進（香港城市大學翻譯及語言學系三年級）
　　　　　蔡潔玲（香港城市大學創意媒體學院三年級）

書籍設計　蕭慧敏

國際統一書號：978-962-937-390-0

出版

香港城市大學出版社
香港九龍達之路
香港城市大學
網址：www.cityu.edu.hk/upress
電郵：upress@cityu.edu.hk

Essence of Reading
(in traditional Chinese characters)

ISBN: 978-962-937-390-0

Published by

City University of Hong Kong Press
Tat Chee Avenue
Kowloon, Hong Kong
Website: www.cityu.edu.hk/upress
E-mail: upress@cityu.edu.hk

Printed in Hong Kong

目錄

編輯説明

本「課堂外的讀本系列」由陳平原、錢理群、黃子平教授分別編選。

為了尊重原作，除了個別標點及明顯的排印錯誤外，本叢書的一些習慣用法及其措辭均依舊原文排印，其中個別不符合當下習慣者，請讀者諒解。

收聽有聲書方法

本書每篇文章均提供免費錄音，讀者可選擇以下其中一種方法收聽：

方法一：以智能手機掃描文章右上角之二維碼（QR code），即可收聽該篇文章之錄音。

方法二：登入 Youtube.com 網站：

i. 搜尋“CityUPressHK”；

ii. 然後點擊 CityUPressHK 頻道；

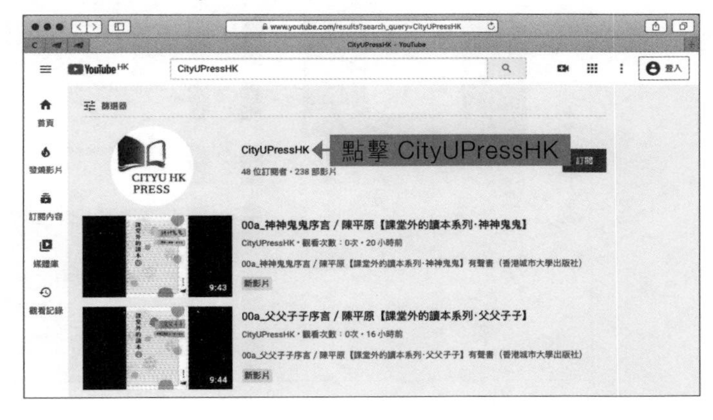

iii. 進入 CityUPressHK 頻道後，點擊「播放清單」，然後選擇【課堂外的讀本系列 • 讀書讀書】，收聽有關文章的錄音。

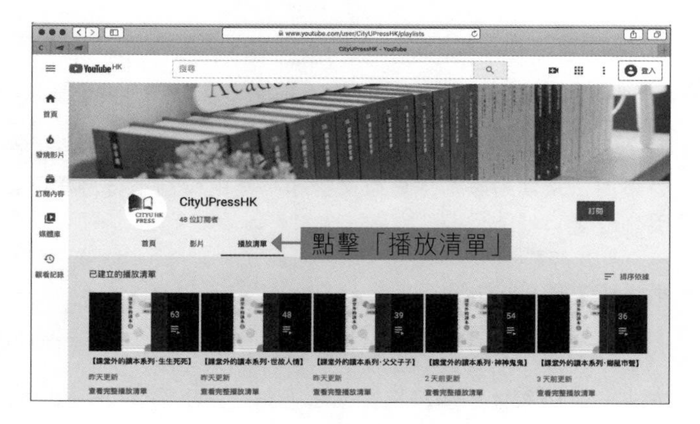

方法三： 直接登入【課堂外的讀本系列 • 讀書讀書】播放清單網頁：

www.youtube.com/watch?v=dJE1RlvY29c&list=PL7Jm9R068Z3vHyDiUI3NZPco1C7-N49Te

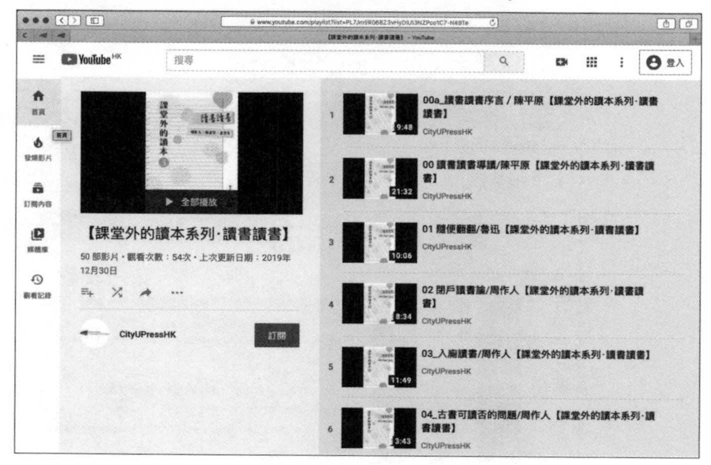

序言

陳平原

據說，分專題編散文集我們是始作俑者，而且這一思路目前頗能為讀者接受，這才真叫「無心插柳柳成蔭」。當初編這套叢書時，考慮的是我們自己的趣味，能否暢銷是出版社的事，我們不管。並非故示清高或推卸責任，因為這對我們來說純屬「玩票」，不靠它賺名聲，也不靠它發財。說來好玩，最初的設想只是希望有一套文章好讀、裝幀好看的小書，可以送朋友，也可以擱在書架上。如今書出得很多，可真叫人看一眼就喜歡，願把它放在自己的書架上隨時欣賞把玩的卻極少。好文章難得，不敢說「野無遺賢」，也不敢說入選者皆「字字珠璣」，只能說我們選得相當認真，也大致體現了我們對二十世紀中國散文的某些想法。「選家」之事，說難就難，說易就易，這點如魚飲水，冷暖自知。

記得那是一九八八年春天，人民文學出版社約我編《林語堂散文集》。此前我寫過幾篇關於林氏的研究文章，編起來很容易，可就是沒興致。偶然說起我們對二十世紀中國散文的看法，以及分專題編一套小書的設想，沒想到出版社很欣賞。這樣，一九八八年暑假，錢理群、黃子平和我三人，又重新合作，大熱天悶在老錢那間十平方米的小屋裏讀書，先擬定體例，劃分專題，再分頭選文；讀到出乎意料之外的好文章，當即「奇文共欣賞」；不過也淘汰了大批徒有虛名的「名作」。開始以為遍地黃金，撿不勝撿；可沙裏淘金一番，才知道好文章實在並不多，每個專題才選了那麼幾萬字，根本不夠原定的字數。開學以後又泡圖書館，又翻舊期刊，到一九八九年春天才初步編好。接着就是撰寫各書的導讀，不想隨意敷衍幾句，希望能體現我們的趣味和追求，而這又是頗費斟酌的事。一開始是「玩票」，越做越認真，變成撰寫二十世紀中國散文史的準備工作。只是因為突然的變故，這套小書的誕生小有周折。

對於我們三人來説，這遲到的禮物，最大的意義是紀念當初那愉快的學術對話。就為了編這幾本小書，居然「大動干戈」，臉紅耳赤了好幾回，實在不夠瀟脱。現在回想起來，確實有點好笑。總有人問，你們三個弄了大半天，就編了這幾本小書，值得嗎？我也説不清。似乎做學問有時也得講興致，不能老是計算「成本」和「利潤」。唯一有點遺憾的是，書出得不如以前想像的那麼好看。

這套小書最表面的特徵是選文廣泛和突出文化意味，而其根本則是我們對「散文」的獨特理解。從章太炎、梁啟超一直選到汪曾祺、賈平凹，這自然是與我們提出的「二十世紀中國文學」概念密切相關。之所以選入部分清末民初半文半白甚至純粹文言的文章，目的是借此凸現二十世紀中國散文與傳統散文的聯繫。魯迅説五四文學發展中「散文小品的成功，幾乎在小説戲曲和詩歌之上」（〈小品文的危機〉），原因大概是散文小品穩中求變，守舊出新，更多得到傳統文學的滋養。周作人突出明末公安派文學與新文學的精神聯繫（〈雜拌兒跋〉和《中國新文學的源流》），反對將五四文學視為歐美文學的移植，這點很有見地。但如以散文為例，單講輸入的速寫（sketch）、隨筆（essay）和「皁利通」(feuilleton)[1] 固然不夠，再搭上明末小品的影響也還不夠；魏晉的清談、唐末的雜文、宋人的語錄，還有唐宋八大家乃至「桐城謬種選學妖孽」，都曾在本世紀的中國散文中產生過遙遠而深沉的回音。

面對這一古老而又生機勃勃的文體，學者們似乎有點手足無措。五四時輸出「美文」的概念，目的是想證明用白話文也能寫出好文章。可「美文」概念很容易被理解為只能寫景和抒情；雖然由於魯迅雜文的成就，政治批評和文學批評的短文，也被劃入散文的範圍，卻總歸不是嫡系。世人心目中的散文，似乎只能是風花雪月加上悲歡離合，還有一連串莫名其妙的比喻和形容詞，甜得發膩，或者借用徐志摩的話：「濃得化不開」。至於學者式重知識重趣味的疏淡的閒話，有點苦澀，有點清幽，雖不大容易為入世未深的青年所欣賞，卻更得中國古代散文的神韻。不只是逃避過分華麗的辭藻，也不只是落筆時的自然大方，這種雅致與瀟灑，更多的是一種心態、一種學養，一種無以名之但確能體會到的「文化味」。比起小說、詩歌、戲劇，散文更講渾然天成，更難造假與敷衍，更依賴於作者的才情、悟性與意趣——因其「技術性」不強，很容易寫，但很難寫好，這是一種「看似容易成卻難」的文體。

---

1. 皁利通：英文 feuilleton 的音譯，指短篇小品文。

選擇一批有文化意味而又妙趣橫生的散文分專題彙編成冊，一方面是讓讀者體會到「文化」不僅凝聚在高文典冊上，而且滲透在日常生活中，落實為你所熟悉的一種情感，一種心態，一種習俗，一種生活方式；另一方面則是希望借此改變世人對散文的偏見。讓讀者自己品味這些很少「寫景」也不怎麼「抒情」的「閒話」，遠比給出一個我們認為準確的「散文」定義更有價值。

當然，這只是對二十世紀中國散文的一種讀法，完全可以有另外的眼光、另外的讀法。在很多場合，沉默本身比開口更有力量，空白也比文字更能説明問題。細心的讀者不難發現我們淘汰了不少名家名作，這可能會引起不少人的好奇和憤怒。無意故作驚人之語，只不過是忠實於自己的眼光和趣味，再加上「漫説文化」這一特殊視角。不敢保證好文章都能入選，只是入選者必須是好文章，因為這畢竟不是以藝術成就高低為唯一取捨標準的散文選。希望讀者能接受這有個性有鋒芒因而也就可能有偏見的「漫説文化」。

一九九二年九月八日於北大

導讀

陳平原

讀書、買書、藏書，這無疑是古今中外讀書人共有的雅事，非獨二十世紀中國知識分子為然。只是在常常放不下一張平靜的書桌的年代裏，還有那麼一些不改積習的讀書人，自己讀書還不夠，還舞文弄墨談讀書，此也足證「江山易改，本性難移」。大概也正因為這近百年的風風雨雨，使得談讀書的文章多少沾染一點人間煙火味，遠不只於考版本訓字義。於是，清雅之外，又增了一層苦澀，更為耐人品味。可是，時勢的過於緊逼，又誘使好多作家熱心於撇開書本直接表達政治見解，用意不可謂不佳，文章則難免遜色。當然，這裏談的是關於讀書的文章；政論自有其另外的價值。不想標舉什麼「雅馴」或「韻味」，只是要求入選的文章起碼談出了一點讀書的情趣。

一

既然識得幾個字，就不免翻弄翻弄書本，這也是人之常情，説不上雅不雅。可自從讀書成為一種職業準備，成為一種致化的手段，讀書人的「韻事」一轉而為十足的「俗務」。千百年來，「頭懸樑，錐刺股」的苦讀，居然成了讀書人的正道；至於憑興趣讀書這一天經地義的讀書方式反倒成了歪門邪道——起碼是誤人子弟。於是造出一代代拿書本當敲門磚而全然不懂「讀書」的凡夫俗子，讀書人的形象自然也就只能是一臉苦相、呆相、窮酸相。

殊不知「讀書」乃人生一大樂趣，用林語堂的話來說，就是「天下讀書成名的人皆以讀書為樂」（〈論讀書〉），能不能品味到讀書之樂，是讀書是否入門的標誌。不少人枉讀了一輩子書仍不入其門，就因為他是「苦讀」，只讀出書本的「苦味」——「書中自有黃金屋，書中自有顏如玉」的讀書理想就是典型的例證。必須靠「黃金屋」、「顏如玉」來證明讀書的價值，就好像小孩子喝完藥後父母必須賞幾顆糖一樣，只能證明喝藥（讀書）本身的確是苦差事。所謂「讀書的藝術」，首先得把「苦差」變成「美差」。

據說，「真正的讀書」是「興味到時，拿起書本來就讀」（〈讀書的藝術〉）。林語堂教人怎麼讀書，老舍則教人讀什麼書：「不懂的放下，使我糊塗的放下，沒趣味的放下，不客氣」（〈讀書〉）。其實，說是一點不讀「沒興味」的書，那是騙人的；起碼那樣你就無法知道什麼書是「有興味」的；況且，每個人總還有些書確實是非讀不可的。魯迅就曾區分兩種讀書方法：一種是「看非看不可的書籍」，那必須費神費力；另一種是「消閒的讀書——隨便翻翻」（〈隨便翻翻〉）。前者目的在求知，不免正襟危坐；後者意在消遣，自然更可體味到讀書的樂趣。至於獲益，則實在難分軒輊。對於過分嚴肅的中國讀書界來說，提倡一點憑興趣讀書或者意在消閒的「隨便翻翻」，或許不無裨益。

這種讀書方法當然應付不了考試；可讀書難道就為了應付那無窮無盡的考試？人生在世，不免考場上抖抖威風，先是被考後是考人，「考而不死是為神」；可那與讀書雖不能說了無關係，卻也實在關係不大。善讀書者與善考試者很難劃等號。老舍稱「考試制度是一切制度裏最好的，它能把人支使得不像人了，而把腦子嚴格的分成若干小塊塊。一塊裝歷史，一塊裝化學，一塊……」（〈考而不死是為神〉）。如果說中小學教育借助考試為動力與指揮棒還略有點道理的話，那麼大學教育則應根本拒絕這種讀書的指揮棒。林語堂除主張「找到思想相近之作家，找到文學上之情人」作為讀書嚮導外（〈論讀書〉），還對現代中國流行的以考試為軸心的大學教育制度表示極大的憤慨，以為理想的大學教育應是「薰陶」，借用牛津教授的話：「如果他有超凡的才調，他的導師對他特別注意，就向他一直冒煙，冒到他的天才出火」（〈吸煙與教育〉）。如今戒煙成風，不知牛津教授還向門生噴煙否？不過，「與君一夕話，勝讀十年書」與「頭懸樑，錐刺股」，的確是兩種截然不同的讀書境界。前者雖也講「求知」，卻仍不忘興致，這才是「讀書」之精髓。

俗云：「兩耳不聞窗外事，一心只讀聖賢書。」其實，要想讀懂讀通「聖賢書」，恰恰必須關心「窗外事」。不是放下書本只問「窗外事」，而是從書裏讀到書外，或者借書外解讀書裏、「翻開故紙，與活人對照，死書就變成活書」（周作人〈閉戶讀書論〉）。識得了字，不一定就讀得好書。讀死書，讀書死，不是現代讀書人應有的胸襟。「風聲雨聲讀書聲，聲聲入耳；家事國事天下事，事事關心」——這也算是中國讀書人的真實寫照。並非都如東林黨人那樣直接介入政治鬥爭，但關心時世洞察人心，卻是將死書變成活書、將苦讀變成人生一大樂趣的關鍵。

其實，即使你無心於時世，時代風尚照樣會影響你讀書的口味。這裏選擇的幾篇不同時代談線裝書（古書）之是否可讀、如何讀的文章，即是明證。五四時代之談論如何不讀或少讀古書，與八十年代之主張從小誦讀主要的古代經典，都是面對自己時代的課題。

二

讀書是一件樂事，正因為其樂無窮，才引得一代代讀書人如痴如醉。此等如痴如醉的讀書人，古時謂之「書痴」，是個雅稱；如今則改為「書呆子」，不無鄙夷的意思。書呆子「喜歡讀書做文章，而不肯犧牲了自己的興趣，和自己認為有意義的事業，去博取安富尊榮」（王力〈書呆子〉），這在商品經濟日益發達的現代社會裏，實在是不合時宜。可「書呆子自有其樂趣，也許還可以説是其樂無窮」（同上）。鎮日價哭喪着臉的「書呆子」必是冒牌貨。在那「大學教授的收入不如一個理髮匠」的抗日戰爭中，王力稱「這年頭兒的書呆子加倍難做」；這話移贈今天各式真真假假的書呆子們，是再合適不過的了。但願儘管時勢艱難，那維繫中國文化的書呆子們不會絕種。

書呆子之手不釋卷，並非為了裝門面，尤其是在知識貶值的年頭，更無門面可裝。「他是將書當作了友人，將讀書當作了和朋友談話一樣的一件樂事」（葉靈鳳〈書痴〉）。在〈書齋趣味〉中，葉靈鳳描繪了頗為令讀書人神往的一幕：

> 在這冬季的深夜，放下了窗簾，封了爐火，在沉靜的燈光下，靠在椅上翻着白天買來的新書的心情，我是在寂寞的人生旅途上為自己搜尋着新的伴侶。

大概每個真正的讀書人都有與此大致相近的心境和感悟。宋代詩人尤袤流傳千古的藏書名言：「飢讀之以當肉，寒讀之以當裘，孤寂而讀之以當友朋，幽憂而讀之以當金石琴瑟也」，説的也是這個意思。這才能解釋為什麼古今中外有那麼多絕頂聰明的腦袋瓜放着大把的錢不去賺，反而「雖九死其猶未悔」地買書、藏書、讀書。

幾乎每個喜歡讀書的書呆子都連帶喜歡「書本」這種「東西」，這大概是愛屋及烏吧？反正不只出於求知慾望，更多的帶有一種審美的眼光。這就難怪讀書人在字跡清楚、正確無誤之外，還要講求版本、版式設計乃至裝幀和插圖。至於在藏書上蓋上藏書印或貼上藏書票，更是主要出於賞心悦目這一審美的需要。正是這無關緊要的小小點綴，明白無誤地説明讀書確實應該是一種高級的精神享受，而不是苦不堪言的「勞作」。

更能説明讀書的娛樂性質的是讀書人買書、藏書這一「癖好」。真正的讀書人沒有幻想靠藏書發財的，換句話説，讀書人逛書店是一種百分之百的賠本生意。花錢買罪受，誰願意？要不是在書店的巡禮中，在書籍的摩挲中能得到一種特殊的精神愉悦，單是求知慾還不能促使藏書家如此花大血本收書藏書——特別是在有圖書館可供利用的現代社會。就好像集郵一樣，硬要説從中得到多大的教益實在有點勉強，只不過使得樂於此道者感覺生活充實精神愉悦就是了。而這難道還不夠？讓一個讀書人做夢中都「無視一切，直奔那賣書的地方」（孫犁〈書的夢〉），可見逛書店的魅力。鄭振鐸的感覺是真實的：「喜歡得弗得了」（葉聖陶〈《西諦書話》序〉）。正因為這種「喜歡」沒有摻雜多少功利打算，純粹出於興趣，方見真性情，也才真正當得起一個「雅」字。

平日裏這不過是一種文人的閒情逸致，可在炮火連天的戰爭年代，為保存古今典籍而置個人生死於度外，此時此地的收書藏書可就頗有壯烈的味道。鄭振鐸稱：「夫保存國家文獻，民族文化，其苦辛固未足埒攻堅陷陣，捨生衞國之男兒，然以余之孤軍與諸賈競，得此千百種書，誠亦艱苦備嘗矣」（〈《劫中得書記》序〉）。藏書極難而散書極易，所謂「書籍之厄」，兵火居其首。千百年來，幸有一代代愛書如命的「書呆子」為保存、流傳中華文化典籍而嘔心瀝血。此中的辛酸苦辣，讀鄭氏的〈劫中得書記〉前後兩篇序言可略見一斑。至於〈訪箋雜記〉和〈姑蘇訪書記〉二文，雖為平常訪書記，並無驚心動魄之舉，卻因文字清麗，敍述頗有情趣，正好與前兩文的文氣急促與帶有火藥味相映成趣。甚至，因其更多涉及版刻的知識以及書籍的流變而更有可讀性。

當然，不能忽略讀書還有接受教益的一面，像黃永玉那樣「在顛沛的生活中一直靠書本支持信念」的（〈書和回憶〉），實在不可勝數。可從這個角度切入的文章本書選得很少，原因是一涉及「書和人」這樣的題目，重心很自然就滑向「人」，而「書」則成了起興的「關關雎鳩」。再説，此類文章不大好寫，大概因為這種經驗太普遍了，誰都能説上幾句，反而難見出奇制勝者。

三

最後一輯六篇文情並茂的散文，分別介紹了國內外四個大城市的書店：日本的東京、英國的倫敦、中國的北京和上海。各篇文章敍述的角度不大一樣，可主要的着眼點卻出奇地一致，那就是突出書店與文化人的精神聯繫。書店當然是商業活動的場所，老闆當然也以贏利為主要目的；可經營書籍畢竟不同於經營其他商品，它同時也是一種傳播文化的準精神活動。這就難怪好的書店老闆，於「生意經」外，還加上一點「文化味」。正是這一點，使得讀書人與書店的關係，並非一般的買賣關係，更有休戚相關，一損俱損一榮俱榮的味道。書業的景氣與不景氣，不只關涉到書店的生意，更從一個特定的角度折射出當代讀書人的心態與價值追求。書業的凋零，「不勝感傷之至」的不只是書店的掌櫃，更包括常跑書店的讀書人，因其同時顯示出文化衰落的跡象（阿英〈城隍廟的書市〉）。

以書商而兼學者的固然有，但不是很多；書店的文化味道主要來源於對讀書人的尊重，以及由此而千方百計為讀書人的讀書活動提供便利。周作人稱讚東京丸善株式會社「這種不大監視客人的態度是一種愉快的事」，而對那些「把客人一半當作小偷一半當作肥豬看」的書店則頗多譏諷之辭（〈東京的書店〉）。相比之下，黃裳筆下舊日琉璃廠的書舖更令人神往：

> 過去人們到琉璃廠的書舖裏來，可以自由地坐下來與掌櫃的談天，一坐半日，一本書不買也不要緊。掌櫃的是商人也是朋友，有些還是知識淵博的版本目錄學家。他們是出色的知識信息傳播者與諮詢人，能提供有價值的線索、蹤跡和學術研究

動向，自然終極目的還是做生意，但這並非唯一的內容。至少應該說他們做生意的手段靈活多樣，又是富於文化氣息的……

《琉璃廠》

而朱自清介紹的倫敦的書店，不單有不時舉辦藝術展覽以擴大影響者，甚至有組織讀詩會，影響一時的文學風氣的詩人辦的「詩籍鋪」(〈三家書店〉)。書店而成為文學活動或人文科學研究的組織者，這談何容易！不過，辦得好的書店，確實可以在整個社會的文化建設中發揮積極作用。

而對於讀書人來說，有機會常逛此等格調高雅而氣氛輕鬆融洽的書店，自是一大樂事，其收益甚至不下於鑽圖書館。這就難怪周作人懷念東京的「丸善」、阿英懷念上海城隍廟的舊書攤、黃裳懷念北京琉璃廠眾多的書鋪。可是，讀書人哪個沒有幾個值得深深懷念的書鋪、書店？只是不見得如琉璃廠之知名，因而也就較少形諸筆墨罷了。

一九八九年一月十五日於北大暢春園

隨便翻翻

魯迅

我想講一點我的當作消閒的讀書——隨便翻翻。但如果弄得不好，會受害也說不定的。

我最初去讀書的地方是私塾，第一本讀的是《鑒略》，桌上除了這一本書和習字的描紅格，對字（這是做詩的準備）的課本之外，不許有別的書。但後來竟也慢慢的認識字了，一認識字，對於書就發生了興趣，家裏原有兩三箱破爛書，於是翻來翻去，大目的是找圖畫看，後來也看看文字。這樣就成了習慣，書在手頭，不管它是什麼，總要拿來翻一下，或者看一遍序目，或者讀幾葉內容，到得現在，還是如此，不用心，不費力，往往在作文或看非看不可的書籍之後，覺得疲勞的時候，也拿這玩意來作消遣了，而且它也的確能夠恢復疲勞。

倘要騙人，這方法很可以冒充博雅。現在有一些老實人，和我閒談之後，常說我書是看得很多的，略談一下，我也的確好像書看得很多，殊不知就為了常常隨手翻翻的緣故，卻並沒有本本細看。還有一種很容易到手的秘本，是《四庫書目提要》，倘還怕繁，那麼，《簡明目錄》也可以，這可要細看，它能做成你好像看過許多書。不過我也曾用過正經工夫，如什麼「國學」之類，請過先生指教，留心過學者所開的參考書目。結果都不滿意。有些書目開得太多，要十來年才能看完，我還疑心他自己就沒有看；只開幾部的較好，可是這須看這位開書目的先生了，如果他是一位糊塗蟲，那麼，開出來的幾部一定也是極頂糊塗書，不看還好，一看就糊塗。

我並不是說，天下沒有指導後學看書的先生，有是有的，不過很難得。這裏只說我消閒的看書——有些正經人是反對的，以為這麼一來，就「雜」!「雜」，現在又算是很壞的形容詞。但我以為也有好處。譬如我們看一家的陳年帳簿，每天寫着「豆腐三文，青菜十文，魚五十文，醬油一文」，就知先前這幾個錢就可買一天的小菜，吃夠一家；看一本舊曆本，寫着「不宜出行，不宜沐浴，不宜上梁」，就知道先前是有這麼多的禁忌。看見了宋人筆記裏的「食菜事魔」，明人筆記裏的「十彪五虎」，就知道「哦呵，原來『古已有之』。」但看完一部書，都是些那時的名人軼事，某將軍每餐要吃三十八碗飯，某先生體重一百七十五斤半；或是奇聞怪事，某村雷劈蜈蚣精，某婦產生人面蛇，毫無益處的也有。這時可得自己有主意了，知道這是幫閒文士所做的書。凡幫閒，他能令人消閒消得最壞，他用的是最壞的方法。倘不小心，被他誘過去，那就墜入陷阱，後來滿腦子是某將軍的飯量，某先生的體重，蜈蚣精和人面蛇了。

講扶乩的書，講婊子的書，倘有機會遇見，不要皺起眉頭，顯示憎厭之狀，也可以翻一翻；明知道和自己意見相反的書，已經過時的書，也用一樣的辦法。例如楊光先的《不得已》是清初的著作。但看起來，他的思想是活着的，現在意見和他相近的人們正多得很。這也有一點危險，也就是怕被它誘過去。治法是多翻，翻來翻去，一多翻，就有比較，比較是醫治受騙的好方子。鄉下人常常誤認一種硫化銅為金礦，空口是和他說不明白的，或者他還會趕緊藏起來，疑心你要白騙他的寶貝；但如果遇到一點真的金礦，只要用手掂一掂輕重，他就死心塌地：明白了。

「隨便翻翻」是用各種別的礦石來比的方法，很費事，沒有用真的金礦來比的明白、簡單。我看現在青年的常在問人該讀什麼書，就是要看一看真金，免得受硫化銅的欺騙。而且一識得真金，一面也就真的識得了硫化銅，一舉兩得了。

但這樣的好東西，在中國現有的書裏，卻不容易得到：我回憶自己的得到一點知識，真是苦得可憐。幼小時候，我知道中國在「盤古氏開闢天地」之後，有三皇五帝、……宋朝、元朝、明朝，「我大清」。到二十歲，又聽說「我們」的成吉思汗征服歐洲，是「我們」最闊氣的時代。到二十五歲，才知道所謂這「我們」最闊氣的時代，其實是蒙古人征服了中國，我們做了奴才。直到今年八月裏，因為要查一點故事，翻了三部蒙古史，這才明白蒙古人的征服「斡羅思」，侵入匈奧，還在征服全中國之前，那時的成吉思還不是我們的汗，倒是俄人被奴的資格比我們老，應該他們說「我們的成吉思汗征服中國，是我們最闊氣的時代」的。

我久不看現行的歷史教科書了，不知道裏面怎麼說；但在報章雜誌上，卻有時還看見以成吉思汗自豪的文章。事情早已過去了，原沒有什麼大關係，但也許正有着大關係，而且無論如何，總是說些真實的好。所以我想，無論是學文學的，學科學的，他應該先看一部關於歷史的簡明而可靠的書。但如果他專講天王星，或海王星，蝦蟆的神經細胞，或只詠梅花，叫妹妹，不發關於社會的議論，那麼，自然，不看也可以的。

我自己，是因為懂一點日本文，在用日譯本《世界史教程》和新出的《中國社會史》應應急的，都比我歷來所見的歷史書類説得明確。前一種中國曾有譯本，但只有一本，後五本不譯了，譯得怎樣，因為沒有見過，不知道。後一種中國倒先有譯本，叫作《中國社會發展史》，不過據日譯者説，是多錯誤，有刪節，靠不住的。

我還在希望中國有這兩部書。又希望不要一哄而來，一哄而散，要譯，就譯他完；也不要刪節，要刪節，就得聲明，但最好還是譯得小心，完全，替作者和讀者想一想。

十一月二日

（選自《魯迅全集》6 卷，北京：人民文學出版社，1981 年）

閉戶讀書論

周作人

自唯物論興而人心大變。昔者世有所謂靈魂等物，大智固亦以輪迴為苦，然在凡夫則未始不是一種慰安，風流士女可以續未了之緣，壯烈英雄則曰：「二十年後又是一條好漢。」但是現在知道人的性命只有一條，一失足成千古恨，再回頭已百年身，只有上聯而無下聯，豈不悲哉！固然，知道人生之不再，宗教的希求可以轉變為社會運動，不求未來的永生，但求現世的善生，勇猛地衝上前去，造成惡活不如好死之精神，那也是可能的。然而在大多數凡夫卻有點不同，他的結果不但不能砭頑起懦，恐怕反要使得懦夫有卧志了吧。

「此刻現在」，無論在相信唯物或是有鬼論者都是一個危險時期。除非你是在做官，你對於現時的中國一定會有好些不滿或是不平。這些不滿和不平積在你的心裏，正如噎隔患者肚裏的「痞塊」一樣，你如沒有法子把他除掉，總有一天會斷送你的性命。那麼，有什麼法子可以除掉這個痞塊呢？我可以答說，沒有好法子。假如激烈一點的人，且不要說動，單是亂叫亂嚷起來，想出出一口鳥氣，那就容易有共黨朋友的嫌疑，說不定會同逃兵之流一起去正了法。有鬼論者還不過白折了二十年光陰，只有一副性命的就大上其當了。忍耐着不說呢，恐怕也要變成憂鬱病，倘若生在上海，遲早總跳進黃浦江裏去，也不管公安局釘立的木牌說什麼死得死不得。

結局是一樣，醫好了煩悶就丟掉了性命，正如門板夾直了駝背。那麼怎麼辦好呢？我看，苟全性命於亂世是第一要緊，所以最好是從頭就不煩悶。不過這如不是聖賢，只有做官的才能夠，如上文所述，所以平常下級人民是不能仿效的。其次是有了煩悶去用方法消遣。抽大煙，討姨太太，賭錢，住溫泉場等，都是一種消遣法，但是有些很要用錢，有些很要用力，寒士沒有力量去做。我想了一天才算想到了一個方法，這就是「閉戶讀書」。

記得在沒有多少年前曾經有過一句很行時的口號，叫做「讀書不忘救國」。其實這是很不容易的。西儒有言，二鳥在林不如一鳥在手，追兩兔者並失之。幸而近來「青運」已經停止，救國事業有人擔當，昔日轆轤體的口號今成截上的小題，專門讀書，此其時矣，閉戶云者，聊以形容，言其專一耳，非真辟札則不把卷，二者有必然之因果也。

但是，敢問讀什麼呢？《經》，自然，這是聖人之典，非讀不可的，而且聽說三民主義之源蓋出於「四書」，不特維禮教即為應考試計，亦在所必讀之列，這是無可疑的了。但我所覺得重要的還是在於乙部，即是四庫之史部。老實說，我雖不大有什麼歷史癖，卻是很有點歷史迷的。我始終相信「二十四史」是一部好書，他很誠懇地告訴我們過去曾如此，現在是如此，將來要如此。歷史所告訴我們的在表面的確只是過去，但現在與將來也就在這裏面了：正史好似人家祖先的神像，畫得特別莊嚴點，從這上面卻總還看得出子孫的面影，至於野史等更有意思，那是行樂圖小照之流，更充足地保存真相，往往令觀者拍案叫絕，嘆遺傳之神妙。正如獐頭鼠目再生於十世之後一樣，歷史的人物亦常重現於當世的舞台，恍如奪舍重來，懾人心目，此可怖的悅樂為不知歷史者所不能得者也。通歷史的人如太乙真人目能見鬼，無論自稱為什麼，他都能知道這是誰的化身，在古卷上找得他的元形，自盤庚時代以降一一具在，其一再降凡之跡若示諸掌焉。淺學者流妄生分別，或以二十世紀，或以北伐成功，或以農軍起事劃分時期，以為從此是另一世界，將大有改變，與以前絕對不同，彷彿是舊人霎時死絕，新人白天落下，自地湧出，或從空桑中跳出來，完全是兩種生物的樣子：此正是不學之過也。宜趁現在不甚適宜於説話做事的時候，關起門來努力讀書，翻開故紙，與活人對照，死書就變成活書，可以得道，可以養生，豈不懿歟？——喔，我這些話真説得太抽象而不得要領了。但是，具體的又如何説呢？我又還缺少學問，論理還應少説閒話，多讀經史才對，現在趕緊打住吧。

一九二八年十一月吉日

（選自《周作人早期散文選》，上海：上海文藝出版社，1984 年）

入廁讀書

周作人

郝懿行著《曬書堂筆錄》卷四有《入廁讀書》一條云：

> 舊傳有婦人篤奉佛經，雖入廁時亦諷誦不輟，後得善果而竟卒於廁，傳以為戒，雖出釋氏教人之言，未必可信，然亦足見污穢之區，非諷誦所宜也。《歸田錄》載錢思公言平生好讀書，坐則讀經史，臥則讀小説，上廁則閱小詞，謝希深亦言宋公垂每走廁必挾書以往，諷誦之聲琅然聞於遠近。余讀而笑之，入廁脱褌，手又攜卷，非唯太褻，亦苦甚忙，人即篤學，何至乃爾耶。至歐公謂希深言平生所作文章多在三上，乃馬上枕上廁上也，蓋唯此尤可以屬思爾，此語卻妙，妙在親切不浮也。

郝君的文章寫得很有意思，但是我稍有異議，因為我是頗贊成廁上看書的。小時候聽祖父説，北京的跟班有一句口訣云，老爺吃飯快，小的拉矢快，跟班的話裏含有一種討便宜的意思，恐怕也是事實。一個人上廁的時間本來難以一定，但總未必很短，而且這與吃飯不同，無論時間怎麼短總覺得這是白費的，想方法要來利用他一下。如吾鄉老百姓上茅坑時多順便喝一筒旱煙，或者有人在河沿石磴下淘米洗衣，或有人挑擔走過，又可以高聲談話，説這米幾個銅錢一升或是到什麼地方去。讀書，這無非是喝旱煙的意思罷了。

話雖如此，有些地方原來也只好喝旱煙，於讀書是不大相宜的。上文所說浙江某處一帶沿河的茅坑，是其一。從前在南京曾經寄寓在一個湖南朋友的書店裏，這位朋友姓劉，我從趙伯先那邊認識了他，那年有鄉試，他在花牌樓附近開了一家書店，我患病住在學堂裏很不舒服，他就叫我住到他那裏去，替我煮藥煮粥，招呼考相公賣書，暗地還要運動革命，他的精神實在是很可佩服的。我睡在櫃枱裏面書架子的背後，吃藥喝粥都在那裏，可是便所卻在門外，要走出店門，走過一兩家門面，一塊空地的牆根的垃圾堆上。到那地方去我甚以為苦，這一半固然由於生病走不動，就是在康健時也總未必願意去的，是其二。民國八年夏我到日本日向去訪友，住在一個名叫木城的山村裏，那裏的便所雖然同普通一樣上邊有屋頂，周圍有板壁門窗，但是它同住房離開有十來丈遠，孤立田間，晚間要提了燈籠去，下雨還得撐傘，而那裏雨又似乎特別多，我住了五天總有四天是下雨，是其三。末了是北京的那種茅廁，只有一個坑兩垛磚頭，雨淋風吹日曬全不管。去年往定州訪伏園，那裏的茅廁是琉球式的，人在岸上，豬在坑中，豬咕咕的叫，不習慣的人難免要害怕，哪有工夫看什麼書，是其四。《語林》云，石崇廁有絳紗帳大床，茵蓐甚麗，兩婢持錦香囊，這又是太闊氣了，也不適宜。其實我的意思是很簡單的，只要有屋頂，有牆有窗有門，晚上可以點燈，沒有電燈就點白蠟燭亦可，離住房不妨有二三十步，雖然也要用雨傘，好在北方不大下雨。如在這樣的廁所，那麼上廁時隨意帶本書去讀讀我想倒還是嘸啥的吧。

谷崎潤一郎著《攝陽隨筆》中有一篇〈陰翳禮讚〉，第二節說到日本建築的廁所的好處。在京都奈良的寺院裏，廁所都是舊式的，陰暗而掃除清潔，設在聞得到綠葉的氣味青苔的氣味的草木叢中，與住房隔離，有板廊相通。蹲在這陰暗光線之中，受着微明的紙障的反射，耽於瞑想，或望着窗外院中的景色，這種感覺真是說不出地好。他又說：

> 我重複地說，這裏須得有某種程度的陰暗，徹底的清潔，連蚊子的呻吟聲也聽得清楚地寂靜，都是必須的條件。我很喜歡在這樣的廁所裏聽蕭蕭地下着的雨聲。特別在關東的廁所，靠着地板裝有細長的掃出塵土的小窗，所以那從屋簷或樹葉上滴下來的雨點，洗了石燈籠的腳，潤了跕腳石上的苔，幽幽地沁到土裏去的雨聲，更能夠近身地聽到。實在這廁所是宜於蟲聲，宜於鳥聲，亦復宜於月夜，要賞識四季隨時的物情之最相適的地方，恐怕古來的俳人曾從此處得到過無數的題材吧。這樣看來，那麼說日本建築之中最是造得風流的是廁所，也沒有什麼不可。

谷崎壓根兒是個詩人，所以說得那麼好，或者也就有點華飾，不過這也只是在文字上，意思卻是不錯的。日本在近古的戰國時代前後，文化的保存與創造差不多全在五山的寺院裏，這使得風氣一變，如由工筆的院畫轉為水墨的枯木竹石，建築自然也是如此，而茶室為之代表，廁之風流化正其餘波也。

佛教徒似乎對於廁所向來很是講究。偶讀大小乘戒律，覺得印度先賢十分周密地注意於人生各方面，非常佩服，即以入廁一事而論，後漢譯《大比丘三千威儀》下列舉「至舍後者有二十五事」，宋譯《薩婆多部毗尼摩得勒伽》六自「云何下風」至「云何籌草」

凡十三條，唐義淨著《南海寄歸內法傳》二有第十八「便利之事」一章，都有詳細的規定，有的是很嚴肅而幽默，讀了忍不住五體投地。我們又看《水滸傳》魯智深做過菜頭之後還可以升為淨頭，可見中國寺裏在古時候也還是注意此事的。但是，至少在現今這總是不然了，民國十年我在西山養過半年病，住在碧雲寺的十方堂裏，各處走到，不見略略像樣的廁所，只如在《山中雜信》五所説：

> 我的行蹤近來已經推廣到東邊的水泉。這地方確是還好，我於每天清早沒有遊客的時候去徜徉一會，賞鑒那山水之美。只可惜不大乾淨，路上很多氣味——因為陳列着許多《本草》上的所謂人中黃。我想中國真是一個奇妙的國，在那裏人們不容易得着營養料，也沒有方法處置他們的排泄物。

在這種情形之下，中國寺院有普通廁所已經是太好了，想去找可以瞑想或讀書的地方如何可得。出家人那麼拆爛污，難怪白衣矣。

但是假如有乾淨的廁所，上廁時看點書卻還是可以的，想作文則可不必。書也無須分好經史子集，隨便看看都成。我有一個常例，便是不拿善本或難懂的書去，雖然看文法書也是尋常。據我的經驗，看隨筆一類最好，頂不行的是小説。至於朗誦，我們現在不讀八大家文，自然可以無須了。

十月

（選自《苦竹雜記》，長沙：岳麓書社，1987 年）

古書可讀否的問題

周作人

我以為古書絕對的可讀，只要讀的人是「通」的。

我以為古書絕對的不可讀，倘若是強迫的令讀。

讀思想的書如聽訟，要讀者去判分事理的曲直；讀文藝的書如喝酒，要讀者去辨別味道的清濁：這責任都在我不在它。人如沒有這樣判分事理辨別味道的力量，以致曲直顛倒清濁混淆，那麼這毛病在他自己，便是他的智識趣味都有欠缺，還沒有「通」(廣義的，並不單指文字上的作法），不是書的不好：這樣未通的人便是叫他去專看新書——列寧，馬克思，斯妥布思，愛羅先珂……也要弄出毛病來的。我們第一要緊是把自己弄「通」，隨後什麼書都可以讀，不但不會上它的當，還可以隨處得到益處：古人云，「開卷有益」，良不我欺。

或以為古書是傳統的結晶，一看就要入迷，正如某君反對淫書說「一見《金瓶梅》三字就要手淫」一樣，所以非深閉固拒不可。誠然，舊書或者會引起舊念，有如淫書之引起淫念，但是把這個責任推給無知的書本，未免如藹里斯所說「把自己客觀化」了，因跌倒而打石頭吧？恨古書之叫人守舊，與恨淫書之敗壞風化，都是一樣的原始思想。禁書，無論禁的是哪一種的什麼書，總是最愚劣的辦法，是小孩子，瘋人，野蠻人所想的辦法。

然而把人教「通」的教育，此刻在中國有麼？大約大家都不敢說有。

據某君公表的通信裏引《群強報》的一節新聞，說某地施行新學制，其法系廢去倫理心理博物英語等科目，改讀四書五經。某地去此不過一天的路程，不知怎的在北京的大報上都還不見記載，但「群強」是市民第一愛讀的有信用的報，所說一定不會錯的。那麼，大家奉憲諭讀古書的時候將到來了。然而，在這時候，我主張，大家正應該絕對地反對讀古書了。

十四年四月

（選自《談虎集》上卷，上海：北新書局，1928 年）

再論線裝書

陳源

世界上還沒有包治百病的萬應丹。平常所謂良藥，用了得法固然可以起沉痾，用了不得法也許可以殺死人。世上也沒有繩之萬古都相宜的真理。太戈爾勸人少讀書。他對於東方的文藝，雖然洞見癥結，對準了毛病發藥，可是説給現在的中國人聽，實在如像煎了一劑催命湯。新中國誠然有許多地方用得着外國朋友的指導，可是不讀書那一層是已經毋須勸駕的了，雖然不讀了書也不見得就與自然相接近。

自然是要親近的，人生是要觀察的，生活是要經驗的，同時書也是要讀的，雖然不一定要至少讀破多少卷。許多的天才是不用讀什麼書的，可是更多的天才是博覽群書的。許多的天才是沒有經過學習時期的，可是更多的天才是化了多少年的心血才逐漸成熟的。況且天才向來是鳳毛麟角般少見的，大多數以天才自負，或是被朋友以天才見許的人也許不過是野雞毛鹿角之類吧？自從有書已經有二千多年，這二千幾百年中不知有多少天才在藝術之園裏培養了多少花草，在理智之塔上加了多少磚。誰能在藝術之園裏去種一枝還不曾有過的花樹，或是在理智之塔上砌上一塊小石，已經盡了天才的能事。你不進園細細的賞鑒，或是不費力爬到塔頂，這希望是容易落空的。

書是要讀的，可是不一定要讀中國書。不但這樣，努力於新文學的人，我認為，雖然不能如吳老先生所説，完全不讀線裝書，也得少讀線裝書，多讀蟹行文。我不是説中國沒有優美的文學。我們的祖宗實在曾經給我們無數的寶山。只恨子孫不爭氣，非但不能發揚光大他們的先業，卻在寶山上壓着層層的砂礦，弄得我們的文學成了一種矯揉造作的虛偽的文學，與自然沒有一點關聯，與人生更沒有一點關聯。近代的中國文學可以説是「訃聞式」的文學，因為訃聞很可以代表中國人表示情感或意見的方式。「不孝　　等罪孽深重，不自殞滅，禍延顯考顯妣」了，「孤哀子　　等泣血稽血稽顙」了，「苫塊昏迷，語無倫次」了，甚而至於「所以不即死者，徒以有……」了，哪一句是真話？大家明明知道這是假話，可是大家還得用它，正因為大家覺得自古以來大家就這樣用。在文藝裏也是如此：你自己的情感，或是沒有情感，是不要緊的，最重要的是古人對於這事怎樣的情感。所以，最美妙的文章得「無一字無來歷」！結果爭事模擬，陳陳相因的牢不可破，再沒有半點新鮮活潑的氣象。

我們覺得一個人能説一句自己心腔中的話，勝於運用一百個巧妙的典故——不用説大多數的典故是粗笨無聊的了——一個人能寫一段自己親見的風物，勝於堆砌一千句別人的典麗嫵媚的文章。文學家的天才正在他的感覺特別的靈敏，表現力特別的強，他能看到人所不能見，聽到人所不能聞，感受到人所不能覺察，再活潑潑地寫出來。同一風景，我們不能十分領略它的美，可是讀了天才的作品，他好像給了我們一雙新眼睛，我們對於那風景增加了欣賞。同一人事，我們也許漠然的看過了，經天才作家的赤裸裸的一描寫，我們就油然生了同情心。所以世間偉大天才的作品，我們非但不能不讀，還得浸潤在裏面。可是我們不是為了要模擬他們的作品，不是為了要抄襲他們的文章，只是為了要增高我們的了解力，擴充我們的同情心，使我們能夠讚美自然的神秘，認識人生的正義。

也許有人要說了，這樣說來，線裝書不是不可讀，只是讀的人不得法。要是換了方法，線裝書還不一樣可讀麼？線裝書本來不是不可讀。就是吳老先生也不過「約三十年不讀線裝書」罷了。可是，第一，披沙尋金，應當是專門學者的工作，文藝作者沒有那許多功夫，也不應當費許多功夫去鑽求。第二，適之先生說過：「人類的性情本來是趨易避難，朝着那最沒有抵抗的方向走的」，古文的積弊既久，同化力非常的大，一受了它的毒，小言之，種種的爛調套語，大言之，種種的陳舊思想，就不免爭向那最沒有抵抗的地方擠過來。你一方面想創造新東西，一方面又時時刻刻的盡力排棄舊東西，當然非常的不經濟。所以要是你想在文藝的園裏開一條新路，闢一片新地，最簡單的方法，是暫時避開那舊有的園地，省得做許多無聊的消極的工作。將來你的新路築成之後，盡可以回頭賞鑒那舊園裏的風物。

書是要讀的，並且得浸潤在裏面，只是那得是外國書。中國人的大錯誤，在「中學為體，西學為用」八個字。他們以為外國人勝過我們的就是在物質方面，不知道我們什麼都不及別人。就是以文學來說，我們何嘗勝過歐洲呢？就算中國與歐洲的文學各有它們不能比較的特點，歐洲文學也不能不作我們新文學的「因斯披里純」。他們的文學，從希臘以來，雖然古典主義也常擅勢力，特殊的精神還是在尊自由，重個性，描寫自然，實現人生的裏面。這當然是新的文學，活的文學當取的唯一的途徑。中國的文學裏雖然不是沒有這樣的精神，例如陶淵明，李太白，也窺探過自然的神秘，杜少陵，曹雪芹，吳敬梓，也搜索過人生的意義，可是他們在幾乎不變的中國古典文學中，只是沙漠中的幾個小小的綠洲罷了。

我們只要一讀各國的文學史，就知道文學不是循序漸進不生不滅的東西。一個民族的文藝好像是火山，最初只見煙霧，漸漸的有了火焰，繼而噴火飛石，熔質四溢，極宇宙之奇觀，久而久之，火勢漸殺，只見煙霧，再多少時煙消霧散，只留下已過的陳跡。有些火山過了多少年便一發，所以在兩個發動期之間，靜止不過是休息，有些卻一發之後，不再發了。文學運動也是如此。由小而大，漸達澎湃揚厲的全盛時期，又由盛而衰，也許由衰而歇，如希臘文學一樣，也許改弦更張，又達美境，這樣盛衰往復，循環不已，如近代歐洲的文學。每一種運動，在崛起的時候，都有奮鬥的精神，新鮮的朝氣，一到了全盛之後，暮氣漸漸加增，創造的精神既然消失，大家棄了根本去雕琢枝葉，捨了精神去模仿皮毛，甚而至於鋪張的正是它的弊病，崇尚的正是它的流毒。在這時候，精神強健的民族，自然就有反動，它們或是回溯往古，如韓退之的「非秦漢以前之文不敢觀」，或是飲別國的甘泉，去作革新運動，它們的方法雖然不同，對於已過的運動，大都不問良莠，排斥不遺餘力，是一樣的。復古的辦法，雖然也可以一爽耳目，可是仍舊徘徊在古典文學範圍之內，好像散種子在不毛之地，難望它開花結果。在別國的文學裏去求「因斯披里純」，結果卻往往異常的豐美，猶之移植異方的花木，只要培養得法，往往可得色香與原來大異的美本。

中國的新文學運動，方在萌芽，可是稍有貢獻的人，如胡適之、徐志摩、郭沫若、郁達夫、丁西林、周氏兄弟等等都是曾經研究過他國文學的人。尤其是志摩他非但在思想方面，就是在體制方面，他的詩及散文，都已經有一種中國文學裏從來不曾有過的風格。這自然不過是開端，將來的收穫如何，要看他們和其他作家努力的結果了。

可是很不幸的，提倡新文學的恰巧是胡適之先生，一個對於研究國故最有興趣的人。國故是應當研究的，而且不比其餘的科學不重要。顧頡剛先生在《北京大學研究所國學門周刊》第十三期裏有一篇極好的文章，把這一層意思發揮得淋漓盡致，我覺得幾乎沒有一句話不同意。可是讓顧先生胡先生去研究他們的國故好了，正如讓其餘的科學家研究他們的天文，地理，化學，物理等，好了。不幸的是胡先生是在民眾心目中代表新文學運動的唯一的人物。他研究國故固然很好，其餘的人也都抱了線裝書咿啞起來，那就糟了。新文學運動的結果弄得北京的舊書長了幾倍價——幾年前百元可買的同文館版《二十四史》現在得賣三百元——這是許多人常常引了來代新文學運動誇張的，可是這是我覺得最傷心的事。

（選自《西瀅閒話》，上海：新月書店，1928 年）

讀書的藝術

林語堂

（此為十月二十六日為約翰大學講稿。後得光華大學之邀，為時匆促，無以應之，即將此篇於十一月四日在光華重講一次。）

諸位，兄弟今日重遊舊地，以前學生生活苦樂酸甜的滋味，都一一湧上心頭。不但諸位所享弦誦的快樂，我能了解，就是諸位有時所受教員的委曲磨折，註冊部的挑剔為難，我也能表同情。兄弟今日仍在讀書時期，所不同者，不怕教員的考試，無慮分數之高低，更無註冊部來定我的及格不及格，升級不升級而已。現就個人所認為理想的方法，與諸位學友通常的讀書方法比較研究一下。

余積二十年讀書治學的經驗，深知大半的學生對於讀書一事，已經走入錯路，失了讀書的本意。讀書本來是至樂之事，杜威說，讀書是一種探險，如探新大陸，如征新土壤；佛蘭西也已說過，讀書是「魂靈的壯遊」，隨時可以發見名山巨川，古蹟名勝，深林幽谷，奇花異卉；到了現在，讀書已變成僅求幸免扣分數留班級一種苦役而已。而且讀書本來是個人自由的事，與任何人不相干，現在你們讀書，已經不是你們的私事，而處處要受一些不相干的人的干涉，如註冊部及你們的父母妻室之類。有人手裏拿一書本，心裏想我將何以贍養父母，俯給妻子，這實在是一樁罪過。試想你們看《紅樓夢》、《水滸》、《三國志》、《鏡花緣》，是否你們一己的私事，何嘗受人的干涉，何嘗想到何以贍養父母，俯給妻子的問題？

但是學問之事，是與看《紅樓夢》、《水滸》相同。完全是個人享樂的一件事。你們若不能用看《紅樓夢》、《水滸》的方法去看《哲學史》、《經濟學大綱》，你們就是不懂得讀書之樂，不配讀書，失了讀書之本意，而終讀不成書。你們能真用看《紅樓夢》、《水滸》的方法去看哲學、史學、科學的書，讀書才能「成名」。若用註冊部的方法讀書，你們最多成了一個「秀士」、「博士」，成了吳稚暉先生所謂「洋紳士」、「洋八股」。

我認為最理想的讀書方法，最懂得讀書之樂者，莫如中國第一女詩人李清照及其夫趙明誠。我們想像到他們夫婦典當衣服，買碑文水果，回來夫妻相對展玩咀嚼的情景，真使我們嚮往不已。你想他們兩人一面剝水果，一面賞碑帖，或者一面品佳茗，一面校經籍，這是如何的清雅，如何得了讀書的真味。易安居士於《金石錄·後序》自敍他們夫婦的讀書生活，有一段極逼真極活躍的寫照；她說「余性偶強記，每飯罷坐歸來堂，烹茶指堆積書史，言某事在某書某卷第幾頁第幾行，以中否角勝負，為飲茶先後。中即舉杯大笑，至茶傾覆懷中，反不得飲而起，甘心老是鄉矣！故雖處憂患困窮，而志不屈，……收藏既富，於是几案羅列，枕席枕藉，意會心謀，目往神授，樂在聲色狗馬之上。……」你們能用李清照讀書的方法來讀書，能感到李清照讀書的快樂，你們大概也就可以讀書成名，可以感覺讀書一事，比巴黎跳舞場的「聲色」，逸園的賽「狗」，江灣的賽「馬」有趣。不然，還是看逸園賽狗，江灣賽馬比讀書開心。

什麼才叫做真正讀書呢？這個問題很簡單，一句話說，興味到時，拿起書本來就讀，這才叫做真正的讀書，這才是不失讀書之本意。這就是李清照的讀書法。你們讀書時，須放開心胸，仰視浮雲，無酒且過，有煙更佳。現在課堂上讀書連煙都不許你抽，這還能算為讀書的正軌嗎？或在暮春之夕，與你們的愛人，攜手同行，共到野外讀《離騷經》，或在風雪之夜，靠爐圍坐，佳茗一壺，淡巴菇一盒，哲學經濟詩文，史籍十數本狼藉橫陳於沙法之上，然後隨意所之，取而讀之，這才得了讀書的興味。現在你們手裏拿一書本，心裏計算及格不及格，升級不升級，註冊部對你態度如何，如何靠這書本騙一隻較好的飯碗，娶一位較漂亮的老婆——這還能算為讀書，還配稱為「讀書種子」嗎？還不是淪為「讀書謬種」嗎？

有人說，如林先生這樣讀書方法，簡單固然簡單，但是讀不懂如何，而且成效如何？須知世上決無看不懂的書，有之便是作者文筆艱澀，字句不通，不然便是讀者的程度不合，見識未到。各人如能就興味與程度相近的書選讀，未有不可無師自通，或事偶有疑難，未能遽然了解，涉獵既久，自可融會貫通。試問諸位少時看《紅樓夢》、《水滸》何嘗有人教，何嘗翻字典，你們的侄兒少輩現在看《紅樓夢》、《西廂記》，又何嘗須要你們去教？許多人今日中文很好，都是由看小說《史記》得來的，而且都是背着師長，偷偷摸摸硬看下去，那些書中不懂的字，不懂的句，看慣了就自然明白。學問的書也是一樣，常看下去，自然會明白，遇有專門名詞，一次不懂，二次不懂，三次就懂了。只怕諸位不得讀書之樂，沒有耐心看下去。

所以我的假定是學生會看書，肯看書，現在教育制度是假定學生不會看書，不肯看書。說學生書看不懂，在小學時可以說，在中學還可以說，但是在聰明學生，已經是一種誣衊了。至於已進大學還要說書看不懂，這真有點不好意思吧！大約一人的臉面要緊，年紀一大，即使不能自己餵飯，也得兩手犄一隻飯碗硬塞到口裏去，似乎不便把你們的奶媽乾娘一齊都帶到學校來給你們餵飯，又不便把大學教授看做你們的奶媽乾娘。

至於「成效」，我的方法可以包管比現在大學的方法強。現在大學教育的成效如何，大家是很明瞭的。一人從六歲一直讀到二十六歲大學畢業，通共讀過幾本書？老實說，有限得很。普通大約總不會超過四五十本以上。這還不是跟以前的秀才舉人相等？從前有一位中了舉人，還沒聽見過《公羊傳》的書名，傳為笑話。現在大學畢業生就有許多近代名著未曾聽過名字，即中國幾種重要叢書也未曾見過。這是學堂的不是，假定你們不會看書，因此也不讓你們有自由看書的機會。一天到晚，總是搖鈴上課，搖鈴吃飯，搖鈴運動，搖鈴睡覺。你想一人的精神是有限的，從八點上課一直到下午四五點，還要運動，拍球，哪裏還有閒工夫自由看書呢？而且凡是搖鈴，都是討厭，即使搖鈴遊戲，我們也有不願意之時，何況是搖鈴上課？因為學堂假定你們不會讀書，不肯讀書，所以把你們關在課堂，請你們靜坐，用「注射」「灌輸」的形式，由教員將知識注射入你們的腦殼裏。無如常人頭顱都是不透水的，所以知識注射普遍不大成功。但是比如依我方法，假定你們是會看書，要看書，由被動式改為發動式的，給你們充分自由看書的機會，這個成效如何呢？間嘗計算一下，假定上海光華，大夏或任何大學有一千名學生，每人每期交學費一百圓，這一千名學費已經合共有十萬圓。將此十萬圓拿去買書，由學校預備一間空屋置備書架，扣了五千圓做辦公費（再多便是罪過），把這九萬五千圓的書籍放在那間空屋，由你們隨便胡鬧去翻看，年底拈鬮分配，各人拿回去九十五圓的書，只要所用的工夫與你們上課的時間相等，一年之中，你們學問的進步，必非一年上課的成績所可比。現在這十萬圓用到哪裏去，大概一成買書，而九成去養教授，及教授的妻子，教授的奶媽，奶媽又拿去買奶媽的馬桶，這還可以說是把你們的「讀書」看做一件正經事嗎？

假定你們進了這十萬圓書籍的圖書館，依我的方法，隨興所之去看書，成效如何呢？有人要疑心，沒有教員的指導，必定是不得要領，雜亂無章，涉獵不精，不求甚解。這自然是一種極端的假定，但是成績還是比現在大學教育好。關於指導，自可編成指導書及種種書目。如此讀了兩年可以抵過在大學上課四年。第一樣，我們須知道讀書的方法，一方面要幾種精讀，一方面也要盡量涉獵翻覽。兩年之中能大概把二十萬圓的書籍，隨意翻覽。知其書名作者內容大概，也就不愧為一讀書人了。第二樣，我們要明白，學問的事，決不是如此呆板。讀書必求深入，而欲求深入，非由興趣相近者入手不可。學問是每每互相關聯的。一人找到一種有趣味的書，必定由一問題而引起其他問題，由看一本書而不得不去找關係的十幾種書，如此循序漸進，自然可以升堂入室，研磨既久，門徑自熟；或是發見問題，發明新義，更可觸類旁通，廣求博引，以證己說，如此一步一步的深入，自可成名。這是自動的讀書方法。較之現在上課聽講被動的方法，如東風過耳，這裏聽一點，那裏聽一點，結果不得其門而人，一無所獲，強似多多了。第三，我們要明白，大學教育的宗旨，對於畢業的期望，不過要他博覽群籍而已(be a well-read man)，並不是如課中所規定，一定非邏輯八十分，心理七十五分不可，也不是說心理看了一八三頁講義，邏輯看了二百零三頁講義，便算完事。這種的讀書，便是犯了孔子所謂「今汝畫」的毛病。所謂博覽群籍，無從定義，最多不過説某人「書看得不少」某人「差一點」而已，哪裏去定什麼限制？説某人「學問不錯」，也不過這麼一句話而已，哪裏可以説某書一定非讀不可，某種科目是「必修科目」。一人在兩年中翻覽這二十萬圓的書籍，大概他對於學問的內容途徑，什麼名著傑作版本、箋注，總多少有一點把握了。

現在的大學教育方法如何呢？你們的讀書是極端不自由，極端不負責。你們的學問不但有註冊部定標準，簡直可以稱斤兩的，這個斤兩制，就是學校的所謂「七十八分」「八十六分」之類，及所謂多少「單位」。試問學問之事，何得稱量斤兩？所謂英國史七十八分，邏輯八十六分，如何解釋？一人的邏輯，怎麼叫做八十六分？且若謂世界上關於英國史的知識你們百分已知道了七十八分，世上豈有那樣容易的事？但依現在制度，每周三小時的科目算三單位，每周二小時的科目算二單位，這樣由一方塊一方塊的單位，慢慢堆疊而來，疊成多少立方尺的學問，於是某人「畢業」，某人是「秀士」了。你想這笑話不笑話？須知我們何以有此大學制呢？是因為各人要拿文憑，因為要拿文憑，故不得不由註冊部定一標準，評衡一下，就不得不讓註冊部來把你們「稱一稱」。你們如果不拿文憑，便無被稱之必要。但是你們為什麼要文憑呢？説來話長。有人因為要行孝道，拿了父母的錢，心裏難過，於是下定決心，要規規矩矩安心定志讀幾年書，才不辜負父母一番的好意及期望。這個是不對的，與遵父母之命媒妁之言戀愛女子一樣的違背道德。這是你們私人讀書享樂的事，橫被家庭義務的干涉，是想把真理學問孝敬你們的爸爸媽媽老太婆。只因真理學問，似太渺茫，所以還是拿一張文憑具體一點為是。有人因為想要得文憑學位，每月可以多得幾十塊錢使你們的親卿愛卿寧馨兒舒服一點。社會對你們的父母說，你們兒子中學畢業讀了三十本書，我可給他每月四五十圓，如果再下二千圓本錢再讀了三十本書，大學畢業，我可給他每月八九十圓。你們父母算盤一打，說「好」，於是議成，而送你們進大學，於是你們被稱，拿文憑，果然每月八九十圓到手，成交易。這還不是你們被出賣嗎？與讀書之本旨何關，與我所說讀書之樂又何關？但是你們不能怪學校給你們稱斤兩，因為你們要向他拿文憑，學堂為保持招牌信用起見，不能不如此。且必如此，然後公平交易，童叟無欺。處於今日大規模生產品（mass production）之時期，不能不劃定商貨之品類（standardization of products），學問既然成為公然交易的商品，秀士、碩士、博士既為大規模生產品之一，自然也不能不「劃定」一下。其實這種以學問為交易之事，自古已然。子張學干祿；子曰「三年學，不至於穀，未易得也。」（關於往時「生員」在社會所作的孽，可參觀《亭林文集．生員論》上中下三篇。）

到了這個地步，讀書與入學，完全是兩件事了，去原意遠矣。我所希望者，是諸位早日覺悟，在明知被賣之下，仍舊不忘其初，不背讀書之本意，不失讀書的快樂，不昧於真正讀書的藝術。並希望諸位趁火打劫，雖然被賣，錢也要拿，書也要讀，如此就兩得其便了。

（選自《大荒集》，上海：生活書店，1934 年）

論讀書

林語堂

（十二月八日復旦大學演講稿又同十三日大夏大學演講）

本篇演講只是談談本人對於讀書的意見，並不是要訓勉青年，亦非敢指導青年。所以不敢訓勉青年有兩種理由：第一，因為近來常聽見貪官污吏到學校致訓詞，叫學生須有志操，有氣節，有廉恥；也有賣國官僚到大學演講，勸學生要堅忍卓絕，做富貴不能淫威武不能屈的大丈夫。孟子曰，人之患在好為人師，料想戰國的土豪劣紳亦必好訓勉當時的青年，所以激起孟子這樣不平的話。第二，讀書沒有什麼可以訓勉。世上會讀書的人，都是書拿起來自己會讀。不會讀書的人，亦不曾因為指導而變為會讀。譬如數學，出五個問題叫學生去做，會做的人是自己腦裏做出來的，並非教員教他做出，不會做的人經教員指導，這一題雖然做出，下一題仍舊非指導不可，數學並不會因此高明起來。我所要講的話於你們本會讀書的人，沒有什麼補助；於你們不會讀書的人，也不會使你們變為善讀書。所以今日談談，亦只是談談而已。

讀書本是一種心靈的活動，向來算為清高。「萬般皆下品，唯有讀書高。」所以讀書向稱為雅事樂事。但是現在雅事樂事已經不雅不樂了。今人讀書，或為取資格，得學位；在男為娶美女，在女為嫁賢婿；或為做老爺，踢屁股；或為求爵祿，刮地皮；或為做走狗，擬宣言；或為寫訃聞，做賀聯；或為當文牘，抄帳簿；或為做相士，占八卦；或為做塾師，騙小孩……諸如此類，都是借讀書之名，取利祿之實，皆非讀書本旨。亦有人拿父母的錢，上大學，跑百米，拿一塊大銀盾回家，在我是看不起的，因為這似乎亦非讀書的本旨。

今日所談，亦非指學堂中的讀書，亦非指讀教授所指定的功課。在學校讀書有四不可。(一) 所讀非書。學校專讀教科書，而教科書並不是真正的書。今日大學畢業的人所讀的書極其有限。然而讀一部小說概論，到底不如讀《三國志》，《水滸》；讀一部歷史教科書，不如讀《史記》。(二) 無書可讀。因為圖書館極有限。(三) 不許讀書。因為在課室看書，有犯校規，例所不許，倘是一人自晨至晚上課，則等於自晨至晚被監禁起來，不許讀書。(四) 書讀不好。因為處處受註冊部干涉，毛孔骨節，皆不爽快。且學校所教非慎思明辨之學，乃記問之學。記問之學不足為人師，《禮記》早已說過。書上怎樣說，你便怎樣答，一字不錯，叫做記問之學。倘是你能猜中教員心中要你如何答法，照樣答出，便得一百分，於是沾沾自喜，自以為西洋歷史你知道一百分，其實西洋歷史你何嘗知道百分之一。學堂所以非注重記問之學不可，是因為便於考試。如拿破侖生卒年月，形容詞共有幾種，這些不必用頭腦，只需強記，然學校考試極其便當，差一年可扣一分；然而事實上與學問無補，你們的教員，也都記不得。要用時自可在百科全書上去查。又如羅馬帝國之亡，有三大原因，書上這樣講，你們照樣記，然而事實上問題極複雜。有人說羅馬帝國之亡，是亡於蚊子（傳佈寒熱瘧），這是書上所無的。

今日所談的是自由的看書讀書；無論是在校，離校，做教員，做學生，做商人，做政客閒時的讀書。這種的讀書，所以開茅塞，除鄙見，得新知，增學問，廣識見，養性靈。人之初生，都是好學好問，及其長成，受種種的俗見俗聞所蔽，毛孔骨節，如有一層包膜，失了聰明，逐漸頑腐。讀書便是將此層蔽塞聰明的包膜剝下。能將此層剝下，才是讀書人。並且要時時讀書，不然便會鄙吝復萌，頑見俗見生滿身上，一人的落伍、迂腐、冬烘，就是不肯時時讀書所致。所以讀書的意義，是使人較虛心，較通達，不固陋，不偏執。一人在世上，對於學問是這樣的：幼時認為什麼都不懂，大學時自認為什麼都懂，畢業後才知道什麼都不懂，中年又以為什麼都懂，到晚年才覺悟一切都不懂。大學生自以為心理學他也唸過，歷史地理他亦唸過，經濟科學也都唸過，世界文學藝術聲光化電，他也唸過，所以什麼都懂。畢業以後，人家問他國際聯盟在哪裏，他說「我書上未唸過」，人家又問法西斯蒂在意大利成績如何，他也說「我書上未唸過」，所以覺得什麼都不懂。到了中年，許多人娶妻生子，造洋樓，有身份，做名流，戴眼鏡，留鬍子，拿洋棍，沾沾自喜，那時他的世界已經固定了：女子放胸是不道德，剪髮亦不道德，社會主義就是共產黨，讀《馬氏文通》是反動，節制生育是亡種逆天，提倡白話是亡國之先兆，《孝經》是孔子寫的，大禹必有其人，……意見非常之多而且確定不移，所以又是什麼都懂。其實是此種人久不讀書，鄙吝復萌所致。此種人不可與深談。但亦有常讀書的人，老當益壯，其思想每每比青年急進，就是能時時讀書所以心靈不曾化石，變為古董。

讀書的主旨在於排脱俗氣。黃山谷謂人不讀書便語言無味，面目可憎。須知世上語言無味面目可憎的人很多，不但商界政界如此，學府中亦頗多此種人。然語言無味，面目可憎在官僚商賈則無妨，在讀書人是不合理的。所謂面目可憎，不可作面孔不漂亮解，因為並非不能奉承人家，排出笑臉，所以「可憎」；脅肩諂笑，面孔漂亮，便是「可愛」。若欲求美男子小白臉，盡可於跑狗場，跳舞場，及政府衙門中求之。有漂亮臉孔，説漂亮話的政客，未必便面目不可憎。讀書與面孔漂亮沒有關係，因為書籍並不是雪花膏，讀了便會增加你的容輝。所以面目可憎不可憎，在你如何看法。有人看美人專看臉蛋，凡有鵝臉柳眉皓齒朱唇都叫做美人。但是識趣的人若李笠翁看美人專看風韻，李笠翁所謂三分容貌有姿態等於六七分，六七分容貌乏姿態等於三四分。有人面目平常，然而談起話來，使你覺得可愛；也有滿臉脂粉的摩登伽，洋囡囡，做花瓶，做客廳裝飾甚好，但一與交談，風韻全無，便覺得索然無味。黃山谷所謂面目可憎不可憎亦只是指讀書人之議論風采説法。若《浮生六記》的芸，雖非西施面目，並且前齒微露，我卻覺得是中國第一美人。男子也是如是看法。章太炎臉孔雖不漂亮，王國維雖有一條辮子，但是他們是有風韻的，不是語言無味面目可憎的。簡直可認為可愛。亦有漂亮政客，做武人的兔子姨太太，説話雖然漂亮，聽了卻令人作嘔三日。

至於語言無味（着重「味」字），那全看你所讀是什麼書及讀書的方法。讀書讀出味來，語言自然有味，語言有味，做出文章亦必有味。有人讀書讀了半世，亦讀不出什麼味兒來，那是因為讀不合的書，及不得其讀法。讀書須先知味。這味字，是讀書的關鍵。所謂味，是不可捉摸的，一人有一人胃口，各不相同，所好的味亦異。所以必先知其所好，始能讀出味來。有人自幼嚼書本，老大不能通一經，便是食古不化勉強讀書所致。袁中郎所謂讀所好之書，所不好之書可讓他人讀之，這是知味的讀法。若必強讀，消化不來，必生疳積胃滯諸病。

口之於味，不可強同，不能因我之所嗜好以強人。先生不能以其所好強學生去讀，父親亦不得以其所好強兒子去讀。所以書不可強讀，強讀必無效，反而有害，這是讀書之第一義。有愚人請人開一張必讀書目，硬着頭皮咬着牙根去讀，殊不知讀書須求氣質相合。人之氣質各有不同，英人俗語所謂「在一人吃來是補品，在他人吃來是毒質」。因為聽說某書是名著，因為要做通人，硬着頭皮去讀，結果必毫無所得。過後思之，如作一場惡夢。甚且終身視讀書為畏途，提起書名來便頭痛。蕭伯訥說許多英國人終身不看《莎士比亞》，就是因為幼年塾師強迫背誦種下的果。許多人離校以後，終身不再看詩，不看歷史，亦是旨趣未到學校迫其必修所致。

所以讀書不可勉強，因為學問思想是慢慢胚胎滋長出來。其滋長自有滋長的道理，如草木之榮枯，河流之轉向，各有其自然之勢。逆勢必無成就。樹木的南枝遮蔭，自會向北枝發展，否則枯槁以待斃。河流遇了磯石懸崖，也會轉向，不是硬沖，只要順勢流下，總有流入東海之一日。世上無人人必讀之書，只有在某時某地某種心境不得不讀之書。有你所應讀，我所萬不可讀，有此時可讀，彼時不可讀。即使有必讀之書，亦決非此時此刻所必讀。見解未到，必不可讀，思想發育程度未到，亦不可讀。孔子說五十可以學《易》，便是說四十五歲時尚不可讀《易經》。劉知幾少讀古文《尚書》，挨打亦讀不來，後聽同學讀《左傳》，甚好之，求授《左傳》，乃易成誦。《莊子》本是必讀之書，然假使讀《莊子》覺得索然無味，只好放棄，過了幾年再讀。對《莊子》感覺興味然後讀《莊子》，對馬克斯感覺興味，然後讀馬克斯。

且同一本書，同一讀者，一時可讀出一時之味道出來。其景況適如看一名人相片，或讀名人文章，未見面時，是一種味道，見了面交談之後，再看其相片，或讀其文章，自有另外一層深切的理會。或是與其人絕交以後，看其照片，讀其文章，亦另有一番味道。四十學《易》是一種味道，五十而學《易》，又是一種味道。所以凡是好書都值得重讀的。自己見解愈深，學問愈進，愈讀得出味道來。譬如我此時重讀Lamb的論文，比幼時所讀全然不同，幼時雖覺其文章有趣，沒有真正魂靈的接觸，未深知其文之佳境所在。也許蔣介石未進過小學，或進小學而未讀過地理，或讀地理而未覺興味；然今日之蔣介石翻看閩浙邊界地圖，便覺津津有味。一人背癰，再去讀范增的傳，始覺趣味。或是叫許欽文在獄中讀清初犯文字獄的文人傳記，才別有一番滋味在心頭。

由是可知讀書有二方面，一是作者，一是讀者。程子謂《論語》讀者有此等人與彼等人，有讀了全然無事者，亦有讀了不知手之舞之足之蹈之者。所以讀書必以氣質相近，而凡人讀書必找一位同調的先賢，一位氣質與你相近的作家，作為老師。這是所謂讀書必須得力一家。不可昏頭昏腦，聽人戲弄，莊子亦好，荀子亦好，蘇東坡亦好，程伊川亦好。一人同時愛莊荀，或同時愛蘇程是不可能的事。找到思想相近之作家，找到文學上之情人，必胸中感覺萬分痛快，而魂靈上發生猛烈影響，如春雷一鳴，蠶卵孵出，得一新生命，入一新世界。George Eliot 自敍讀《盧騷自傳》，如觸電一般。尼采師叔本華，蕭伯訥師易卜生，雖皆非及門弟子，而思想相承，影響極大。當二子讀叔本華，易卜生時，思想上起了大影響，是其思想萌芽學問生根之始。因為氣質性靈相近，所以樂此不疲，流連忘返，流連忘返，始可深入，深入後，然後如受春風化雨之賜，欣欣向榮，學業大進。

誰是氣質與你相近的先賢，只有你知道，也無需人家指導，更無人能勉強，你找到這樣一位作家，自會一見如故。蘇東坡初讀《莊子》，如有胸中久積的話，被他說出，袁中郎夜讀徐文長詩，叫喚起來，叫復讀，讀復叫，便是此理。這與「一見傾心」之性愛（love at first sight）同一道理。你遇到這樣作家，自會恨相見太晚。一人必有一人中意的作家，各人自己去找去。找到了文學上的愛人，他自會有魔力吸引你，而你也樂自為所吸，甚至聲音相貌，一顰一笑，亦漸與相似。這樣浸潤其中，自然獲益不少，將來年事漸長，厭此情人，再找別的情人，到了經過兩三個情人，或是四五個情人，大概你自己也已受了薰陶不淺，思想已經成熟，自己也就成了一位作家。若找不到情人，東覽西閱，所讀的未必能沁入魂靈深處，便是逢場作戲，逢場作戲，不會有心得，學問不會有成就。

知道情人滋味便知道苦學二字是騙人的話。學者每為「苦學」或「困學」二字所誤。讀書成名的人，只有樂，沒有苦。據說古人讀書有追月法，刺股法，及丫頭監讀法。其實都是很笨。讀書無興味，昏昏欲睡，始拿錐子在股上刺一下，這是愚不可當。一人書本排在面前，有中外賢人向你說極精彩的話，尚且想睡覺，便應當去睡覺，刺股亦無益。叫丫頭陪讀，等打盹時喚醒你，已是下流，亦應去睡覺，不應讀書。而且此法極不衛生。不睡覺，只有讀壞身體，不會讀出書的精彩來，若已讀出書的精彩來，便不想睡覺，故無丫頭喚醒之必要。刻苦耐勞，淬勵奮勉是應該的，但不應視讀書為苦，視讀書為苦，第一着已走了錯路。天下讀書成名的人皆以讀書為樂；汝以為苦，彼卻沉湎以為至樂。必如一人打麻將，或如人挾妓冶遊，流連忘返，寢食俱廢，始讀出書來。以我所知國文好的學生，都是偷看幾百萬言的《三國志》、《水滸》而來，決不是一學年讀五六十頁文選，國文會讀好的。試問在偷讀《三國志》、《水滸》之人，讀書有什麼苦處？何嘗算頁數？好學的人，於書無所不窺，窺就是偷看。於書無所不偷看的人，大概學會成名。

有人讀書必裝腔作勢，或嫌板凳太硬，或嫌光線太弱，這都是讀書未入門路，未覺興味所致。有人做不出文章，怪房間冷，怪蚊子多，怪稿紙發光，怪馬路上電車聲音太嘈雜，其實都是因為文思不來，寫一句，停一句。一人不好讀書，總有種種理由。「春天不是讀書天，夏日炎炎最好眠，等到秋來冬又至，不如等待到來年。」其實讀書是四季咸宜。古所謂「書淫」之人，無論何時何地可讀書皆手不釋卷，這樣才成讀書人樣子。顧千里裸體讀經，便是一例，即使暑氣炎熱，至非裸體不可，亦要讀經。歐陽修在馬上廁上皆可做文章，因為文思一來，非做不可，非必正襟危坐明窗淨几才可做文章。一人要讀書則澡堂、馬路、洋車上、廁上、圖書館、理髮室，皆可讀。而且必辦到洋車上理髮室都必讀書，才可以讀成書。

讀書須有膽識，有眼光有毅力。膽識二字拆不開，要有識，必敢於有自己意見，即使一時與前人不同亦不妨。前人能說得我服，是前人是，前人不能服我，是前人非。人心之不同如其面，要腳踏實地，不可捨己耘人，詩或好李，或好杜，文或好蘇，或好韓，各人要憑良知，讀其所好，然後所謂好，說得好的道理出來。或竟蘇韓皆不好，亦不必慚愧，亦須說出不好的理由來。或某名人文集，眾人所稱而你獨惡之，則或係汝自己學力見識未到，或果然汝是而人非。學力未到，等過幾年再讀，若學力已到而汝是人非，則將來必發現與汝同情之人。劉知幾少時讀《前後漢書》，怪前書不應有《古今人表》，後書宜為更始立紀，當時聞者責以童子輕議前哲，乃「赧然自失，無辭以對」，後來偏偏發見張衡范曄等，持見與之相同。此乃劉知幾之讀書膽識。因其讀書皆得之襟腑，非人云亦云，所以能著成《史通》一書。如此讀書，處處有我的真知灼見，得一分見解是一分學問，除一種俗見，算一分進步，才不會落入圈套，滿口爛調，一知半解，似是而非。

（選自《大荒集》，上海：生活書店，1934 年）

吸煙與教育

林語堂

吸煙者不必皆文人，而文人理應吸煙，此顛撲不破之至理名言，足與天地萬古長存者也。上期《談牛津》一文，已經充分證明牛津之大學教育，胥由導師之啟迪，而導師啟迪之方法，尤端賴向學子冒煙之工作，並引李格教授之言為證：「凡人這樣有系統的被人冒煙，四年之後，自然成為學者」，「如果他有超凡的才調，他的導師對他特別注意，就向他一直冒煙，冒到他的天才出火。」茲再申明本意。李格說：「被煙氣薰的好的人，談吐作文的風雅，絕非他種方法所可學得來的。」（A well-smoked man can speak and write English with a grace and elegance that cannot be acquired in any other way.）使吾死時，得友人撰碑志曰：「此人文章煙氣甚重」，吾願已足。按李格所言，甚得中國教育之本旨。向來中國言教育者，多用「薰陶」二字，便是指用煙氣把學生薰透之意。即其他名詞，如「陶熔」，指火，「沾化」，指春風化雨，仍然是空氣作用，要皆不離火與氣。大凡中國人相信，一人的學問與德性，是要慢慢陶熔熏化出來的，絕不是今朝加一單位心理學，明朝加一單位物理，便可成為讀書人，古人又謂「與君一夕談，勝讀十年書」，可見學問思想是在燕居閒談切磋出來的。既是夕談，大約便有吸煙。吸煙之所以為貴，在其能代表一種自由談學的風味。中國大學之毛病甚多，總括一句，就是談學時不吸煙，吸煙時不談學。換句話說，就是看書時不自由，自由時不看書。在課室上，唯知有名可點，不感無煙可吸，學者之所以讀書，非為與同學交談時自覺形穢而鼓勵也，非由對明窗淨几，得紅袖添香而步步入勝也，非由師友窗前月下前無古人後無來者之閒談而激動其靈機也，非由自己面目可憎語言無味而生羞惡也。學者何為而讀書，代註冊部做衣裳準備出嫁也。如此不由興味之啟發而賴學分之鞭策，叫人唸書，桎梏其性靈，斲喪其慧心，如以芻養馬，以草餵牛，牛馬將來耒耜駕軛，或是登俎豆，入太牢，雖然也都是社會有用之才，到底已違背牛馬之本性而喪失其頂天立地優遊林下馳騁荒郊的快樂了。

（選自《我的話》下冊，上海：時代書局，1948 年）

考而不死是為神

老舍

考試制度是一切制度裏最好的，它能把人支使得不像人了，而把腦子嚴格的分成若干小塊塊。一塊裝歷史，一塊裝化學，一塊……

比如早半天考代數，下午考歷史，在午飯的前後你得把腦子放在兩個抽屜裏，中間連一點縫子也沒有才行。設若你把 X+Y 和一八二八弄到一處，或者找唐朝的指數，你的分數恐怕是要在二十上下。你要曉得，狀元得來個一百分呀。得這麼着：上午，你的一切得是代數，彷彿連你是黃帝的子孫，和姓字名誰，全根本不曉得。你就像剛由方程式裏鑽出來，全身的血脈都是 X 和 Y。趕到剛一交卷，你立刻成了歷史，向來沒聽說過代數是什麼。亞力山大，秦始皇等就是你的愛人，連他們的生日是某年某月某時都知道。代數與歷史千萬別聯宗，也別默想二者的有無關係，你是赴考呀，赴考的期間你別自居為人，你是個會吐代數，吐歷史的機器。

這樣考下去，你把各樣功課都吐個不大離，好了，你可以現原形了；睡上一天一夜，醒來一切茫然，代數歷史化學諸般武藝通通忘掉，你這才想起「妹妹我愛你」。這是種蛇脫皮的工作，舊皮脫盡才能自由；不然，你這條蛇不曾得到文憑，就是你愛妹妹，妹妹也不愛你，準的。

最難的是考作文。在化學與物理中間，忽然叫你「人生於世」。你的腦子本來已分成若干小塊，分得四四方方，清清楚楚，忽然來了個沒有準地方的東西，東撲撲個空，西撲撲個空，除了出汗沒有合適的辦法。你的心已冷兩三天，忽然叫你拿出情緒作用，要痛快淋漓，慷慨激昂，假如題目是「愛國論」，或「天下興亡匹夫有責」；你的心要是不跳吧，筆下便無血無淚；跳吧，下午還考物理呢。把定律們都跳出去，或是跳個亂七八糟，愛國是愛了，而定律一亂則沒有人替你整理，怎辦？幸而不是愛國論，是山中消夏記，心無須跳了。可是，得有詩意呀。彷彿考完代數你更文雅了似的！假如你能逃出這一關去，你便大有希望了，夠分不夠的，反正你死不了了。被「人生於世」憋死，不是什麼稀罕的事。

說回來，考試制度還是最好的制度。被考死的自然無須用提。假若考而不死，你放膽活下去吧，這已明明告訴你，你是十世童男轉身。

（選自《老舍幽默文集》，長沙：湖南人民出版社，1983 年）

讀書

老舍

若是學者才准唸書，我就什麼也不要說了。大概書不是專為學者預備的；那麼，我可要多嘴了。

從我一生下來直到如今，沒人盼望我成個學者；我永遠喜歡服從多數人的意見。可是我愛唸書。

書的種類很多，能和我有交情的可很少。我有決定唸什麼的全權；自幼兒我就會逃學，楞挨板子也不肯說我愛《三字經》和《百家姓》。對，《三字經》便可以代表一類——這類書，據我看，頂好在判了無期徒刑以後去唸，反正活着也沒多大味兒。這類書可真不少，不知道為什麼；也許是犯無期徒刑罪的太多；要不然便是太少——我自己就常想殺些寫這類書的人。我可是還沒殺過一個，一來是因為——我才明白過來——寫這樣書的人敢情有好些已經死了，比如寫《尚書》的那位李二哥。二來是因為現在還有些人專愛唸這類書，我不便得罪人太多了。頂好，我看是不管別人；我不愛唸的就不動好了。好在，我爸爸沒希望我成個學者。

第二類書也與咱無緣：書上滿是公式，沒有一個「然而」和「所以」。據說，這類書裏藏着打開宇宙秘密的小金鑰匙。我倒久想明白點真理，如地是圓的之類；可是這種書彆扭，它老瞪着我。書不老老實實的當本書，瞪人幹嗎呀？我不能受這個氣！有一回，一位朋友給我一本《相對論原理》，他說：明白這個就什麼都明白了。

我下了決心去唸這本寶貝書。讀了兩個「配紙」，我遇上了一個公式。我跟它「相對」了兩點多鐘！往後邊一看，公式還多了去啦！我知道和它們「相對」下去，它們也許不在乎，我還活着不呢？

可是我對這類書，老有點敬意。這類書和第一類有些不同，我看得出。第一類書不是沒法懂，而是懂了以後使我更糊塗：以我現在的理解力——比上我七歲的時候，我現在滿可以作聖人了——我能明白「人之初，性本善」。明白完了，緊跟着就糊塗了；昨兒個晚上，我還挨了小女兒——玫瑰唇的小天使！ ——一個嘴巴。我知道這個小天使的性不本善，她才兩歲。第二類書根本就看不懂，可是人家的紙上沒印着一句廢話；懂不懂的，人家不鬧玄虛。它瞪我，或者我是該瞪。我的心這麼一軟，便把它好好放在書架上；好好打散，別太傷了和氣。

這要說到第三類書了。其實這不該算一類；就這麼算吧，順嘴。這類書是這樣的：名氣挺大，唸過的人總不肯說它壞，沒唸過的人老怪害羞的說將要唸。譬如說「元曲」，太炎「先生」的文章，羅馬的悲劇，辛克萊的小說，《大公報》——不知是哪兒出版的一本書——都算在這類裏，這些書我也都拿起來過，隨手便又放下了。這裏還就屬那本《大公報》有點勁。我不害羞，永遠不說將要唸。好些書的廣告與威風是很大的，我只能承認那些廣告作得不錯，誰管它威風不威風呢。

「類」還多着呢，不使再說；有上面的三項也就足以證明我怎樣的不高明了。該說讀的方法。

怎樣讀書，在這裏，是個自決的問題；我說我的，沒勉強誰跟我學。第一，我讀書沒系統。借着什麼，買着什麼，遇着什麼，就讀什麼。不懂的放下，使我糊塗的放下，沒趣味的放下，不客氣。我不能叫書管着我。

第二，讀得很快，而不記住。書要都叫我記住，還要書幹嗎？書應該記住自己。對我，最討厭的發問是：「那個典故是哪兒的呢？ ……那句話是怎麼來着？」我永不回答這樣的考問，即使我記得。我又不是印刷機器養的，管你這一套！

讀得快，因為我有時候跳過幾頁去。不合我的意，我就練習跳遠。書要是不服氣的話，來跳我呀！看偵探小說的時候，我先看最後的幾頁，省事。

第三，讀完一本書，沒有批評，誰也不告訴。一告訴就糟：「嘿，你讀《啼笑姻緣》？」要大家都不讀《啼笑姻緣》，人家寫它幹嗎呢？一批評就糟：「尊家這點意見？」我不惹氣。讀完一本書再打通兒架，不上算。我有我的愛與不愛，存在我自己心裏。我愛唸什麼就唸，有什麼心得我自己知道，這是種享受，雖然顯得自私一點。

再說呢，我讀書似乎只要求一點靈感。「印象甚佳」便是好書，我沒工夫去細細分析它，所以根本便不能批評。「印象甚佳」有時候並不是全書的，而是書中的一段最入我的味；因為這一段使我對這全書有了好感；其實這一段的美或者正足以破壞了全體的美，但是我不去管；有一段叫我喜歡兩天的，我就感謝不盡。因此，設若我真去批評，大概是高明不了。

第四，我不讀自己的書，不願談論自己的書。「兒子是自己的好」，我還不曉得，因為自己還沒有過兒子。有個小女兒，女兒能不能代表兒子，就不得而知。「老婆是別人的好」，我也不敢加以擁護，特別是在家裏。但是我準知道，書是別人的好。別人的書自然未必都好，可是至少給我一點我不知道的東西。自己的，一提都頭疼！自己的書，和自己的運氣，好像永遠是一對兒累贅。

第五，哼，算了吧。

（選自《老舍生活與創作自述》，北京：人民文學出版社，1982 年）

讀書

葉聖陶

聽說讀書，就引起反感。何以致此，卻也有故。文人學士之流，心營他務，日不暇給，偏要搭起架子，感喟地說：「忙亂到這個地步，連讀書的功夫都沒有了。」或者表示得恬退些，只說最低限度的願望：「別的都不想，只巴望能安安逸逸讀點兒書。」這顯見得他是天生的讀書種子，做點兒其實不相干的事就似乎冤了他，若說利用厚生的笨重工作，那是在娘胎裏就沒有夢見過，這般荒唐的驕傲意態，只有回答他一個不理睬了事。衣錦的人必須晝行，為的是有人豔羨，有人稱讚，襯托出他衣錦的了不起。現在回答他一個不理睬，無非讓他衣錦夜行的意思。有朝一日，他真個有了讀書的功夫了，能安安逸逸讀點兒書了，或者像陶淵明那樣「不求甚解」，或者把一句古書疏解了三四萬言，那也只是他個人的事，與別人毫不相干。

還有政客、學者、教育家等人的「讀書救國」之說。有的說得很巧妙，用「不忘」、「即是」等字眼的繩子，把「讀書」和「救國」穿起來，使它顛來倒去都成一句話。若問讀什麼書，他們卻從來不曾開過書目。因此人家也無從知道究竟是半部《論語》，還是一卷《太公兵法》，還是最新的航空術。雖然這麼說，他們欲開而未開的書目也容易猜。他們要的是幹練的幫手，自然會開足以養成這等幫手的書；他們要的是馴良的順民，自然會開足以訓練這等順民的書。至於救國，他們雖然毫不愧怍地說「已有整個計劃」，「不乏具體方案」，實際卻最是荒疏。救國這一目標也許真能從讀書的道路達到，世間也許真有足以救國的書，然而他們未必能，能也未必肯舉出那些書名來。於是，不預備做幫手和順民的人聽了照例的「讀書救國」之說，安得不「只當秋風過耳邊」？

還有小孩進學校，普通都稱為讀書。父母說:「你今年六歲了，送你到學校裏去讀書吧。」教師說：「你們到學校裏來，要好好兒讀書。」嘴裏說着讀書，實際做的也只是讀書。國語科本來還有訓練思想和語言的目標，但究竟是工具科目，現在光是捧着一本書來讀，姑且不說它。而自然科、社會科的功課也只是捧着一本書來讀，這算什麼呢？一隻貓，一個蒼蠅，一處古蹟，一所公安局，都是實際的東西，可以直接接觸的。為什麼不讓小孩直接接觸，卻把這些東西寫在書上，使他們只接觸一些文字呢？這樣地利用文字，文字就成為閉塞智慧的阻障。然而頗有一些教師在那裏說：「如果不用書，這些科目怎麼能教呢？」而切望子女的父母也說：「進學校就為讀這幾本書！」他們完全忘了文字只是一種工具，竟承認讀書是最後的目的了。真要大聲呼喊「救救孩子」！

讀書當然是甚勝的事，但是必須把上面說起的那幾種讀書除外。

（選自《葉聖陶散文甲集》，成都：四川人民出版社，1983 年）

重讀之書

葉靈鳳

小泉八雲曾勸人不要買那只讀一遍不能使人重讀的書。這是一句意味很深長的讀書箴言，也是買書箴言。中國古語所謂書籍「汗牛充棟，浩如煙海」，在機械生產的今日，一個人即使財力和精力都勝任，恐怕也不能讀盡所有的書，買盡所有的書。因此，我們在不十分閒暇的人生忙迫之中，能忙裏偷閒，將自己所喜愛的讀過的書取出重讀一遍，實是人生中一件愉快的事。

讀書本是精神上的探險，儘管他人的介紹與推薦，對於一本書的真實印象如何，總要待自己讀完之後才可決定。有些為一般人所指責的書，自己因了個人的特性或一時的環境關係，竟有特殊的愛好，這正與名勝的景色一樣，卧遊固是樂事，然而親臨其地觀賞，究竟與在遊覽指南之類所得者不同。將讀過的書重讀一遍，正與舊地重臨一樣，同是那景色，同是自己，卻因了心情和環境的不同，會有一種稔熟而又新鮮的感覺。這在人生中，正如與一位多年不見的舊友相逢，你知道他的過去，但是同時又在揣測他目前的遭遇如何。

有人說，與其讀一百部好書，不如將五十部重讀一遍，因為仔細的將已經獲得的從新加以咀嚼，有時比生吞活剝更有好處。但可惜的是，人生太短，好書太多，我們遂終於在顧此失彼之中生活，正如可愛的季辛所慨嘆：

唉，那些不能有機會再讀一遍的書喲！

季辛所惋惜的，不僅是可以重讀，而是那少數的可以百讀不厭的書，因為他接着又說：

温雅的安靜的書，高貴的啟迪的書：那些值得埋頭細嚼，不僅一次而可以重讀多次的書。可是我也許永無機會再將他們握在手裏一次了；流光如駛，而時日又是這樣的短少。也許有一天，當我躺在床上靜待我的最後，這些被遺忘的書中的一部會走入我徬徨的思索之中，而我便像記起一位曾經於我有所助益的朋友一樣的記起他們——偶然邂逅的友人。這最後的訣別之中將含着怎樣的惋惜！

在這歲暮寒天，正是我們思念舊友，也正是我們重行翻開一冊已經讀過一次，甚或多次的好書最適宜的時候。

（選自《讀書隨筆》1 集，北京：三聯書店，1988 年）

讀書界的風尚

馮至

所謂一般社會的風尚，若仔細分析，自然可以分析出許多因素，但其中總不免含有幾分不負責任的遊戲性。就以女子的服裝而論，在古代多半模仿「內家宮樣」，在現代則又受電影的影響和巴黎或紐約的服裝雜誌的支配；「內家宮樣」也好，電影與服裝雜誌也好，其起源每每由於少數人、甚至是三兩個人的好奇立異。這種好奇立異常常出於不自覺，或出於遊戲，但一成為風尚，就會在很短的時間內普遍全世，這時再回想那少數的創始人，想把人打扮成什麼樣子，便打扮成什麼樣子，真近乎和人類開玩笑，他們的權威好像還甚於那些睥睨一世的英雄。現代文藝讀書界裏一本書的忽然流行與忽然過去，也有些和服裝的風尚相類似，這現象在西方最為明顯。在歐美幾個重要的國家，幾乎每年都會產生一部在一年內銷路超過十幾版或幾十版的小說，兩三部在每個大城市一連上演一個月以上而每場都滿座的劇本。這小說、這劇本，它們的內容與技巧，比起其他同時代的作品，往往並沒有什麼特殊的優越，它們為什麼這樣流行，在一些有文學修養的人們的眼裏看來，幾乎是不可解的事。更奇怪的是這些盛極一時的小說與劇本過兩三年後便會冷落得無人過問，漸漸通過舊書攤子而走入無何有之鄉。一般讀書的群眾是這樣喜新厭舊，使人想到《天方夜譚》裏的那個暴君，他每晚需要一個女子侍奉，第二天黎明便把這個女子殺掉。

但是他們和那暴君並不完全相同：暴君是主動的，他們則完全是被動的。他們被操縱在現代的報紙的手裏。在這裏請讓我談一段西方文壇的掌故。我們還記得大約在一九二九年，德國有一部風靡全世的非戰小說，雷馬克的《西線平靜無事》，這部書在描寫戰爭的小說裏並不能算是第一流，但它這樣流行，被譯成幾十個國家的文字，在中國至少也有兩種譯本。等到一九三〇年的冬天，我到德國時，這部書已經不大有人過問了。同時這作家的第二部小說《前線歸來》已出版，只仰仗前一部行將消逝的光榮在讀書界裏冷冷清清地銷行着。[1] 第二年夏我在柏林遇見了一位名叫麥耶爾的報紙專欄作家，和他偶然談起《西線平靜無事》。他說雷馬克是他的朋友，當雷馬克寫這部小說時，不過是隨便寫寫，並沒有多大願望，寫完了把稿子交給他看，他看完後很受感動，便把這部小說介紹給一家出版公司出版。這公司在當時出版界中有很大的通俗勢力，每天在柏林發行的報紙就有七八種之多。那時歐洲的人民經過大戰，雖已十年，但痛定思痛，厭戰的情緒還很濃，各國都在為和平努力，這本書恰巧在這時出版，又加以這出版公司最善於宣傳，於是它便盛極一時，彌漫全世，就是在沒有歐洲戰爭前線經驗的中國人也隔靴搔癢地讀着。這偶然的幸運絕不是雷馬克當初所料到的。如這書由另一個出版社出版，它也許會因為書中的非戰思想投合時宜，但缺乏了那麼多的報紙為它宣傳，想來總不會那樣風行吧。

所謂一般的讀書界多半是盲目的，他們不大能夠區分真假，他們需要旁人的指點；他們買一本書，看一次電影或一齣戲，跟吃一

1. 需要說明，雷馬克後來在四十年代和五十年代還是創作了幾部有價值的小說。

頓館子沒有多大分別，若是自命有經驗的人能給他們一些指點，他們就覺得可靠了。在現代擔負這個指點任務的多半是報紙和雜誌。只可惜這些報紙雜誌不一定都是能擔負起這任務的。在西方固然有些有傳統、有權威、有水平的文藝刊物，但究竟是少數，大多數還失不掉江湖氣。有些自命不凡的評論家，盡量要從無數的作品中發現天才，覺得若能從中發現出一個陀思妥耶夫斯基，一個濟慈，那豈不是文學史上的美談！只可惜他們的眼光有限，所看到的不一定是天才，萬一有什麼有希望的作家，他們也未必見得到。等而下之的，就迎合一般人喜新厭舊的心理，只想在社會上添些熱鬧，什麼每月最好的書啊，一部一部地介紹給讀者，於是書店、作品、刊物互相為用，把一般的讀者當作無知的小孩來看待，而這些讀者也以小孩子自居。這無異於巴黎紐約替大服裝店編的服裝雜誌，在一九四三年就訂出一九四四年的樣式，而這樣式也就居然在社會上發生作用。

那些服裝雜誌很能了解社會的需要，在經濟困難時期，它們所描畫的式樣，盡量在節省材料上着想，在比較富裕的年月，就不惜浪費材料。所以有些報紙和雜誌也善於感受時風的轉移，它們在一個法西斯統治的國家總不會推薦一部頌揚和平的小說，同樣在一個唯利是圖的社會也不會推薦一部哲理深刻的戲劇。它們很少在作品的本身上着想。一部作品，縱使是很好的，若不合時宜，它們就不肯推薦，它們知道，縱使推薦也不會被接受。

以上所說的是西方的情形。在中國報紙雜誌還沒有那麼大的勢力，出版界和讀書界則隨時都在受着外國風尚的支配，創作方面也無形中受着這些風尚的影響。

中國的翻譯界是不應該這樣只跟着西方流行的風尚跑的，至少在這些流行的以外，還得多介紹一些不合乎所謂「風尚」而更有意義的作品。我們的眼光不要被「時代」這個神秘的字給弄得模糊，我們常常聽見「不合時宜」、「違背時代精神」這類籠統的話，其實這類的話是空洞沒有內容的。直到現在為止，(將來我們不知道)我們從未見過一部真實的偉大的作品是「完全過去了」。有時候老子的一句話，莎士比亞或歌德的幾行詩，向我們比任何一個同時代的著作説得更多。一時暢銷的書和真實的文藝作品可以説是兩回事，正如流行的服裝與美並不甚相干一般。有些女人很知道，一件超乎時尚而合乎美感的衣裳比一件只局限於時尚的衣裳可穿的時間要長久得多。讀書的人對於書籍也應該懂得這個道理。

一九四三年十一月

（選自《馮至選集》第二卷，成都：四川文藝出版社，1985 年）

事事關心

馬南邨

風聲、雨聲、讀書聲，聲聲入耳；
家事、國事、天下事，事事關心。

這是明代東林黨首領顧憲成撰寫的一副對聯。時間已經過去了三百六十多年，到現在，當人們走進江蘇無錫「東林書院」舊址的時候，還可以尋見這副對聯的遺蹟。

為什麼忽然想起這副對聯呢？因為有幾位朋友在談話中，認為古人讀書似乎都沒有什麼政治目的，都是為讀書而讀書，都是讀死書的。為了證明這種認識不合事實，才提起了這副對聯。而且，這副對聯知道的人很少，頗有介紹的必要。

上聯的意思是講書院的環境便於人們專心讀書。這十一個字很生動地描寫了自然界的風雨聲和人們的讀書聲交織在一起的情景，令人彷彿置身於當年的東林書院中，耳朵裏好像真的聽見了一片朗誦和講學的聲音，與天籟齊鳴。

下聯的意思是講在書院中讀書的人都要關心政治。這十一個字充分地表明了當時的東林黨人在政治上的抱負。他們主張不能只關心自己的家事，還要關心國家的大事和全世界的事情。那個時候的人已經知道天下不只是一個中國，還有許多別的國家。所以，他們把天下事與國事並提，可見這是指的世界大事，而不限於本國的事情了。

把上下聯貫串起來看，它的意思更加明顯，就是說一面要致力讀書，一面要關心政治，兩方面要緊密結合。而且，上聯的風聲、雨聲也可以理解為語帶雙關，即兼指自然界的風雨和政治上的風雨而言。因此，這副對聯的意義實在是相當深長的。

從我們現在的眼光看上去，東林黨人讀書和講學，顯然有他們的政治目的。儘管由於歷史條件的限制，他們當時還是站在封建階級的立場上，為維護封建制度而進行政治鬥爭。但是，他們比起那一班讀死書的和追求功名利祿的人，總算進步得多了。

當然，以顧憲成和高攀龍等人為代表的東林黨人，當時只知道用「君子」和「小人」去區別政治上的正邪兩派。顧憲成說：「當京官不忠心事主，當地方官不留心民生，隱居鄉里不講求正義，不配稱君子。」在顧憲成死後，高攀龍接着主持東林講席，也是繼續以「君子」與「小人」去品評當時的人物，議論萬曆、天啟年間的時政。他們的思想，從根本上說，並沒有超出宋儒理學，特別是程、朱學說的範圍，這也是可以理解的。因為顧憲成講學的東林書院，本來是宋儒楊龜山創立的書院。楊龜山是程顥、程頤兩兄弟的門徒，是「二程之學」的正宗嫡傳。朱熹等人則是楊龜山的弟子。顧憲成重修東林書院的時候，很清楚地宣佈，他是講程朱學說的，也就是繼承楊龜山的衣鉢的。人們如果要想從他的身上，找到反封建的革命因素，那恐怕是不可能的。

我們決不需要恢復所謂東林遺風，就讓它永遠成為古老的歷史陳跡去吧。我們只要懂得努力讀書和關心政治，這兩方面緊密結合的道理就夠了。

片面地只強調讀書，而不關心政治；或者片面地只強調政治，而不努力讀書，都是極端錯誤的。不讀書而空談政治的人，只是空頭的政治家，決不是真正的政治家。真正的政治家沒有不努力讀書的。完全不讀書的政治家是不可思議的。同樣，不問政治而死讀書本的人，那是無用的書呆子，決不是真正有學問的學者。真正有學問的學者決不能不關心政治。完全不懂政治的學者，無論如何他的學問是不完全的。就這一點說來，所謂「事事關心」實際上也包含着對一切知識都要努力學習的意思在內。

既要努力讀書，又要關心政治，這是愈來愈明白的道理。古人尚且知道這種道理，宣揚這種道理，難道我們還不如古人，還不懂得這種道理嗎？無論如何，我們應該比古人懂得更充分，更深刻，更透徹！

（選自《燕山夜話》，北京：北京出版社，1979 年）

與友人論學習古文

孫犁

承問我學習古代文字的經驗，實在慚愧，我在這方面的根底很薄，不能冒充高深。

我上小學的時候，是一九一九年，已經是國民小學。在農村，小學校的設備雖然很簡陋，不過是借一家閒院，兩間泥房做教室，複式教學，一個先生教四班學生。雖然這樣，學校的門口，還是左右掛了兩面虎頭牌：「學校重地」及「閒人免進」。

你看未進校門之先，我們接觸的，已經是這樣帶有濃厚封建國粹色彩的文字了。但進校後所學的，還是新學制的課本，並不是過去的五經四書了。

所以，我在小學四年，並沒有讀過什麼古文。不過，在農村所接觸的文字，例如政府告示、春節門聯、婚喪應酬文字，還都是文言，很少白話。

我讀的第一篇「古文」，是我家的私乘。我的父親，在經營了多年商業以後，立志要為我的祖父立碑。他求人——一位前清進士撰寫了一篇碑文，並把這篇碑文交給小學的先生，要他教我讀，以備在立碑的儀式上，叫我在碑前朗誦。父親把這件事，看得很重，不只有光宗耀祖的虔誠，還有教子成材的希望。

我記得先生每天在課後教我唸，完全是生吞活剝，我也背得很熟，在我們家庭的那次大典上，據反映我讀得還不錯。那時我只有十歲，這篇碑文的內容，已經完全不記得，經過幾十年戰爭動亂，那碑也不知道到哪裏去了。但是，那些之乎者也，那些抑揚頓挫，那些起承轉合，那些空洞的頌揚之詞，好像給我留下了深刻的印象。

然後我進了高等小學。在這兩年中，我讀的完全是新書和新的文學作品，父親請了一位老秀才，教我古文，沒有給我留下任何印象。因為我看到他走在街頭的那種潦倒狀態，以為古文是和這種人物緊密相連的，實在鼓不起學習的興趣。這位老先生教給我的是一部《古文釋義》。

在育德中學，初中的國文講義中，有一些古文，如孟子、莊子、墨子的節錄，沒有引起我多少興趣。但對一些詞，如《南唐二主詞》、李清照《漱玉詞》和《蘇辛詞》，發生了興趣，一樣買了一本，都是商務印書館印的學生國學叢書的選注本。

為什麼首先愛好起詞來？是因為在讀小說的時候，接觸到了一些詩詞歌賦。例如《紅樓夢》裏的《葬花詞》，《芙蓉誄》，魯智深唱的《寄生草》，以及什麼祖師的偈語之類。青年時不知為什麼對這種文字，這樣傾倒，以為是人間天上，再好沒有了，背誦抄錄，愛不釋手。

現在想來，青少年時代，確是一個神秘莫測的時代。那時的感情，確像一江春水，一樹桃花，一朵早霞，一聲雲雀。它的感情是無私的，放射的，是無所不想擁抱，無所不想窺探的。它的胸懷，向一切事物都敞開着，但誰也不知道，是哪一件事物或哪一個人，首先闖進來，與它接觸。

接着，我讀了《西廂記》，蘇曼殊的《斷鴻零雁記》，沈復的《浮生六記》。一個時期，我很愛好那種淒冷纏綿，紅袖羅衫的文字。

無論是桃花也好，早霞也好，它都要迎接四面八方襲來的風雨。個人的愛好，都要受時代的影響與推動。我初中畢業的那一年，「九一八」事變發生；第二年，「一二八」事變發生。在這幾年中，我們的民族危機，嚴重到了一觸即發的程度。保定地處北方，首先經受時代風雲的衝擊。報刊雜誌、書店陳列的書籍，都反映着這種風雲。我在高中二年，讀了很多政治經濟學方面的書籍。我在一本一本練習簿上，用蠅頭小楷，孜孜矻矻作讀《費爾巴哈論》和其他哲學著作的筆記。也是生吞活剝，但漸漸覺得它們確能給我解決一些當前現實使我苦惱的問題。我也讀當時關於社會史和關於文藝的論戰文章。

這樣很快就把我先前愛好的那些後主詞、《西廂記》，沖掃得乾乾淨淨。

高中二年，在課堂上，我讀了一本《韓非子》，我很喜好這部書。讀了一部《八賢手札》，沒有印象。高中二年的課堂作文，我都是作的文言文，因為那時的老師，是一位舉人，他要求這樣。

因為功課中，有修辭學、有名學（就是邏輯學）、有文化史、倫理學史、哲學史，所以我還是斷斷續續接觸了一些古文，嚴復、林紓翻譯的書，我也讀了一些。

高中畢業以後，我沒有能進入大學，所以我的古文，並沒有得到過大學文科的科班訓練，只能說是中學的程度。

以上，算是我在學校期間，學習古文的總結。

抗戰八年間，讀古書的機會很少，但是，偶爾得到一本，我也不輕易放過，總是帶在身上，看它幾天。記得，我背過《孟子》、《楚辭》。

你說，已經借到一部大學用的《古代漢語》，選目很好，並有名家注釋。這太好了。「文化大革命」後期，我沒有書讀，也是借了兩本這樣的書，每天晚上讀，並抄錄下來不少。

我們只能讀些選本。魯迅反對讀選本，是就他那種學力，並按照研究的要求提出的。我們是處在學習階段，只能讀些有可靠注釋的選本。我從來也不敢輕視像《古文觀止》、《唐詩三百首》這樣的選本。像這樣的選家，這樣的選本，造福於後人的，實在太大了。進一步，我們也可以讀《昭明文選》，這就比較深奧一些。不能因為魯迅反對過讀文選，我們就避而遠之。土地改革期間，我在小區工作，負責管理各村抄送來的圖籍，其中有一部胡刻文選的石印本，我非常愛好，但是不敢拿，在書堆旁邊，讀了不少日子。

至於什麼《全上古漢……文》、《全漢三國晉南北朝詩》，對我們來說，買不起又搬不動，用處不大。民國初年，上海有一家醫學書局，主持人是丁福保，他編了一部《漢魏六朝名家集》，初集共四十家，白紙鉛印線裝，輕便而醒目，我買了一部，很實用。從中，我們可以看到，很多大作家，留給我們的文集，只是薄薄的一本，這是因為當時不能印刷廣為流傳，年代久遠，以至如此。唐宋以後，作家保存文章的條件就好多了。對於保存自己的作品，傳於身後，白居易是最用了腦筋的，他把自己的作品，抄寫五部，分存於幾大名山寺院之中，他的文集，得以完整無缺。

唐宋大作家文集，現在都容易得到，可以置備一些。這樣，可以知道他一生寫了哪些文章，有哪些文體，文集中又都附有關於他的評論和碑傳，也可以增加對作家的理解。宋以後的文集，如你沒有特殊興趣，暫時可以不買。

讀古文，可以和讀歷史相結合。《左傳》、《戰國策》，文章寫得很好，都有選本。《史記》、《三國志》、《漢書》、《新五代史》，文章好，史、漢有選本。此外斷代史，暫時不讀也可以。可買一部《綱鑒易知錄》，這算是明以前的歷史綱要，是簡化了的《資治通鑒》，文字很好。

另有一條道路，進入古文領域，就是歷代筆記小說，石印的《筆記小說大觀》，商務印的《清代筆記小說選》，部頭都大些。買些零種看看也可以。至於像《世說新語》、《唐語林》、《摭言》、《夢溪筆談》、《容齋隨筆》等，則應列為必讀的書。

如果從小說進入，就可讀《太平廣記》、《唐宋傳奇》、《聊齋志異》和《閱微草堂筆記》。這些書，大概你都讀過了。

至少要讀一本文學史，謝無量的《中國大文學史》，魯迅常引用。文論方面，可讀一本《文心雕龍》。

學習古文，主要是靠讀，不能像看白話小說，看一遍就算了。要讀若干遍，有一些要背過。文讀百遍，其義自明，好文章是愈讀愈有味道的。最好有幾種自己喜歡的選本，放在身邊，經常拿起來朗讀。

總之，學習古文的途徑很多。以文為主，詩、詞、歌、賦並進，收效會大些。

手邊要有一本適宜讀古文的字典，遇到一些生字，隨時查看。直到現在，我手邊用的還是一本過去商務印的學生字典，對我的讀書寫作，幫助很大。

學習古文，除去讀，還要作，作可以幫助讀。遇有機會，可作些文言小文，這也算不得復古，也算不得遺老遺少所為，對寫白話文，也是有好處的。

一九八一年三月二十八日

（選自《澹定集》，天津：百花文藝出版社，1981 年）

「書讀完了」

東方望

有人記下一條軼事，說，歷史學家陳寅恪曾對人說過，他幼年時去見歷史學家夏曾佑，那位老人對他說：「你能讀外國書，很好；我只能讀中國書，都讀完了，沒得讀了。」他當時很驚訝，以為那位學者老糊塗了。等到自己也老了時，他才覺得那話有點道理：中國古書不過是那幾十種，是讀得完的。說這故事的人也是個老人，他賣了一個關子，說忘了問究竟是哪幾十種。現在這些人都下世了，無從問起了。

中國古書浩如煙海，怎麼能讀得完呢？誰敢誇這海口？是說胡話還是打啞謎？

我有個毛病是好猜謎，好看偵探小說或推理小說。這都是不登大雅之堂的，我卻並不諱言。宇宙、社會、人生都是些大謎語，其中有日出不窮的大小案件；如果沒有猜謎和破案的興趣，缺乏好奇心，那就一切索然無味了。下棋也是猜心思，打仗也是破謎語和出謎語。平地蓋房子，高山挖礦井，遠洋航行，登天觀測，難道不都是有一股子猜謎、破案的勁頭？科學技術發明創造怎麼能說全是出於任務觀點、僱傭觀點、利害觀點？人老了，動彈不得，也記不住新事，不能再猜「宇宙之謎」了，自然而然就會總結自己一生，也就是探索一下自己一生這個謎面的謎底是什麼。一個讀書人，比如上述的兩位史學家，老了會想想自己讀過的書，不由自主地會貫串起來，也許會後悔當年不早知道怎樣讀，也許會高興究竟明白了這些書是怎麼回事。所以我倒相信那條軼事是真的。我很想破一破這個謎，可惜沒本領，讀過的書太少。

據説二十世紀的科學已不滿足於發現事實和分類整理了，總要找尋規律，因此總向理論方面邁進。愛因斯坦在一九〇五年和一九一五年放了第一炮，相對論。於是科學，無論其研究對象是自然還是社會，就向哲學靠攏了。哲學也在二十世紀重視認識論，考察認識工具，即思維的邏輯和語言，而邏輯和數學又是拆不開的，於是哲學也向科學靠攏了。語言是思維的表達，關於語言的研究在二十世紀大大發展，牽涉到許多方面，尤其是哲學。索緒爾在一九〇六到一九一一年的講稿中放了第一炮。於是本世紀的前八十年間，科學、哲學、語言學「攪混」到一起。無論對自然或人類社會都彷彿「條條大路通羅馬」，共同去探索規律，也就是破謎。大至無限的宇宙，小至基本粒子，全至整個人類社會，分至個人語言心理，愈來愈是對不能直接用感官覺察到的對象進行探索了。現在還有十幾年便到本世紀盡頭，看來愈分愈細和愈來愈綜合的傾向殊途同歸，微觀宏觀相結合，二十一世紀學術思想的桅尖似乎已經在望了。

人的眼界愈來愈小，同時也愈來愈大，原子核和銀河系彷彿成了一回事。人類對自己的生理和心理的了解也像對生物遺傳的認識一樣大非昔比了。工具大發展，出現了「電子計算機侵略人文科學」這樣的話。上天，入海，思索問題，無論體力腦力都由工具而大大延伸、擴展了。同時，控制論、信息論、系統論的相繼出現，和前半世紀的相對論一樣影響到了幾乎是一切知識領域。可以説今天已經是無數、無量的信息蜂擁而來，再不能照從前那樣的方式讀書和求知識了。人類知識的現在和不久將來的情況同一個世紀以前的情況大不相同了。

因此，我覺得怎樣對付這無窮無盡的書籍是個大問題。首先是要解決本世紀以前的已有的古書如何讀的問題，然後再總結本世紀，跨入下一世紀。今年進小學的學生，照目前學制算，到下一世紀開始剛好是大學畢業。他們如何求學讀書的問題特別嚴重、緊急。如果到十九世紀末的幾千年來的書還壓在他們頭上，要求一本一本地去大量閱讀，那幾乎是等於不要求他們讀書了。事實正是這樣。甚至於第二次世界大戰前的本世紀的書也不能要求他們一本一本地讀了。即使只就一門學科説也差不多是這樣。尤其是中國的「五四」以前的古書，決不能要求青年到大學以後才去一本一本地讀，而必須在小學和中學時期擇要裝進他們的記憶力尚強的頭腦；只是先交代中國文化的本源，其他由他們自己以後照各人的需要和能力閱讀。這樣才能使青年在大學時期迅速進入當前和下一世紀的新知識（包括以中外古文獻為對象的研究）的探索，而不致被動地接受老師灌輸很多太老師的東西，消磨大好青春，然後到工作時期再去進業餘學校補習本來應當在小學和中學就可學到的知識。一路耽誤下去就會有補不完的課。原有的文化和書籍應當是前進中腳下的車輪而不是背上的包袱。讀書應當是樂事而不是苦事。求學不應當總是補課和應考。兒童和青少年的學習應當是在時代洪流的中間和前頭主動前進而不應當是跟在後面追。僅僅為了得一技之長，學謀生之術，求建設本領，那只能是學習的一項任務，不能是全部目的。為此，必須想法子先「掃清射界」，對古書要有一個新讀法，轉苦為樂，把包袱改成墊腳石，由此前進。「學而時習之」本來是「不亦悦乎」的。

文化不是雜亂無章而是有結構、有系統的。過去的書籍也應是有條理的，可以理出一個頭緒的。不是說像《七略》和「四部」那樣的分類，而是找出其中內容的結構系統，還得比《四庫全書提要》和《書目答問》之類大大前進一步。這樣向後代傳下去就方便了。

本文開始說的那兩位老學者為什麼說中國古書不過幾十種，是讀得完的呢？顯然他們是看出了古書間的關係，發現了其中的頭緒、結構、系統，也可以說是找到了密碼本。只就書籍而言，總有些書是絕大部分的書的基礎，離了這些書，其他書就無所依附，因為書籍和文化一樣總是累積起來的。因此，我想，有些不依附其他而為其他所依附的書應當是少不了的必讀書或則說必備的知識基礎。舉例說，只讀過《紅樓夢》本書可以說是知道一點《紅樓夢》，若只讀「紅學」著作，不論如何博大精深，說來頭頭是道，卻沒有讀過《紅樓夢》本書，那只能算是知道別人講的《紅樓夢》。讀《紅樓夢》也不能只讀「脂批」，不看本文。所以《紅樓夢》就是一切有關它的書的基礎。

如果這種看法還有點道理，我們就可以依此類推。舉例說，想要了解西方文化，必須有《聖經》（包括《舊約》、《新約》）的知識。這是不依傍其他而其他都依傍它的。這是西方無論歐、美的小孩子和大人在不到一百年以前個個人都讀過的。沒有《聖經》的知識幾乎可以說是無法讀懂西方公元以後的書，包括反宗教的和不涉及宗教的書，只有一些純粹科學技術的書可以除外。古希臘和古羅馬的書與《聖經》無關，但也只有在《聖經》的對照之下才較易明白。許多古書都是在有了《聖經》以後才整理出來的。因此，《聖經》和古希臘、古羅馬的一些基礎書是必讀書。對於亞洲，第一重要的是《古蘭經》。沒有《古蘭經》的知識就無法透徹理解伊斯蘭教世界的書。又例如讀西方哲學書，少不了的是柏拉圖、亞里士多德、笛卡爾、狄德羅、培根、貝克萊、康德、黑格爾。不是要讀全集，但必須讀一點。有這些知識而不知其他，還可以說是知道一點西方哲學；若看了一大堆有關的書而沒有讀過這些人的任何一部著作，那不能算是學了西方哲學，事實上也讀不明白別人的哲學書，無非是道聽途說，隔靴搔癢。又比如說西方文學茫無邊際，但作為現代人，有幾個西方文學家的書是不能不讀一點的，那就是荷馬、但丁、莎士比亞、歌德、巴爾扎克、托爾斯泰、高爾基，再加上一部《堂吉訶德》。這些都是常識了，不學文學也不能不知道。文學作品是無可代替的，非讀本書不可，譯本也行，決不要滿足於故事提要和評論。

若照這樣來看中國古書，那就有頭緒了。首先是所有寫古書的人，或說古代讀書人，幾乎無人不讀的書必須讀，不然就不能讀懂堆在那上面的無數古書，包括小說、戲曲。那些必讀書的作者都是沒有前人書可讀的，準確些說是他們讀的書我們無法知道。這樣的書就是：《易》、《詩》、《書》、《春秋左傳》、《禮記》、《論語》、《孟子》、《荀子》、《老子》、《莊子》，這是從漢代以來的小孩子上學就背誦一大半的，一直背誦到上一世紀末。這十部書若不知道，唐朝的韓愈、宋朝的朱熹、明朝的王守仁（陽明）的書都無法讀，連《鏡花緣》、《紅樓夢》、《西廂記》、《牡丹亭》裏許多地方的詞句和用意也難於體會。這不是提倡復古、讀經。為了掃蕩封建殘餘非反對讀經不可，但為了理解封建文化又非讀經不可。如果一點不知道「經」是什麼，沒有見過面，又怎麼能理解透魯迅那麼反對讀經呢？所謂「讀經」是指「死灌」、「禁錮」、「神化」；照那樣，不論讀什麼書都會變成「讀經」的。有分析批判地讀書，那是可以化有害為有益的，不至於囫圇吞棗、人云亦云的。

以上是算總帳，再下去，分類區別就比較容易了。舉例來說，讀史書，可先後齊讀，最少要讀《史記》、《資治通鑒》，加上《續資治通鑒》（畢沅等的）、《文獻通考》。讀文學書總要先讀第一部總集《文選》。如不大略讀讀《文選》，就不知道唐以前文學從屈原《離騷》起是怎麼回事，也就看不出以後的發展。

這些書，除《易》、《老》和外國哲學書以外，大半是十來歲的孩子所能懂得的，其中不乏故事性和趣味性。枯燥部分可以滑過去。我國古人並不喜歡「抽象思維」，說的道理常很切實，用語也往往有風趣，稍加注解即可閱讀原文。一部書通讀了，讀通了，接下去愈來愈容易，並不那麼可怕。從前的孩子們就是這樣讀的。主要還是要引起興趣。孩子有他們的理解方式，不能照大人的方式去理解，特別是不能摳字句，講道理。大人難懂的地方孩子未必不能「懂」。孩子時期稍用一點時間照這樣「程序」得到「輸入」以後，長大了就可騰出時間專攻「四化」，這一「存儲」會作為潛在力量發揮作用。錯過時機，成了大人，記憶力減弱，理解力不同，而且「百憂感其心，萬事勞其形」，再想補課，讀這類基礎書，就難得多了。

以上舉例的這些中外古書分量並不大。外國人的書不必讀全集，也讀不了，哪些是其主要著作是有定論的。哲學書難易不同；康德、黑格爾的書較難，主要是不懂他們論的是什麼問題以及他們的數學式分析推理和表達方式。那就留在後面，選讀一點原書。中國的也不必每人每書全讀，例如《禮記》中有些篇，《史記》的〈表〉和〈書〉，《文獻通考》中的資料，就不是供人「讀」的，可以「溜」覽過去。這樣算來，把這些書通看一遍，花不了多少時間，不用「皓首」即可「窮經」。依此類推，若想知道某一國的書本文化，例如印度、日本，也可以先讀其本國人歷來幼年受教育時的必讀書，卻不一定要學校中為考試用的課本。孩子們和青少年看得快，「正課」別壓得太重，考試莫逼得太緊，給點「業餘」時間，讓他們照這樣多少了解一點中外一百年前的書本文化的大意並非難事。有這些作基礎，和歷史、哲學史、文學史之類的「簡編」配合起來，就不是「空談無根」，心中無把握了，也可以說是學到諸葛亮的「觀其大略」的「法門」了。花費比「三冬」多一點的時間，也可以就一般人說是「文史足用」了。沒有史和概論是不能入門的，但光有史和概論而未見原書，那好像是見藍圖而不見房子或看照片甚至漫畫去想像本人了。本文開頭說的那兩位老前輩說的「書讀完了」的意思大概也就是說，「本文」都認識了，其他不過是肖像畫而已，多看少看無關大體了。用現在話說就是，主要的信息已有了，其他是重複再加一點，每部書的信息量不多了。若用這種看法，連《資治通鑒》除了「臣光曰」以外也是「東抄西抄」了。無怪乎說中國書不多了。全信息量的是不多。若為找資料，作研究，或為了消遣時光，增長知識，書是看不完的；若為了尋求基礎文化知識，有創見能獨立的舊書就不多了。單純資料性的可以送進計算機去不必自己記憶了。不過計算機還不能消化《老子》，那就得自己讀。這樣的書愈少愈好。封建社會用「過去」進行教育，資本主義用「現在」，社會主義最有前途，應當是着重用「未來」進行教育，那麼就更應當設法早些在少年時結束對過去的温習了。

一個大問題是，這類濃縮維他命丸或和「太空食品」一樣的書怎麼消化？這些書好比宇宙中的白矮星，質量極高，又像堡壘，很難攻進去，也難得密碼本。古時無論中外都是小時候背誦，背《五經》，背《聖經》，十來歲就背完了，例如《紅與黑》中的于連。現在怎麼能辦到呢？看樣子沒有「二道販子」不行。不要先單學語言，書本身就是語言課本。古人寫詩文也同說話一樣是讓人懂的。讀書要形式內容一網打起來，一把抓。這類書需要有個「一攬子」讀法。要「不求甚解」，又要「探驪得珠」，就是要講效率，不浪費時間。好比吃中藥，有效成分不多，需要有「藥引子」。參觀要有「指南」。入門嚮導和講解員不能代替參觀者自己看，但可以告訴他們怎麼看和一眼看不出來的東西。我以為現在迫切需要的是生動活潑、篇幅不長、能讓孩子和青少年看懂並發生興趣的入門講話，加上原書的編、選、注。原書要標點，點不斷的存疑，別硬斷或去考證；不要句句譯成白話去代替；不要注得太多；不要求處處都懂，那是辦不到的，章太炎、王國維都自己說有一部分不懂；有問題更好，能啟發讀者，不必忙下結論。這種入門講解不是講義、教科書，對考試得文憑毫無幫助，但對於文化的普及和提高，對於精神文明的建設，大概是不無小補的。這是給大學生和研究生做的前期準備，節省後來補常識的精力，也是給工人、農民、知識分子放眼觀世界今日文化全域的一點補劑。我很希望有學者繼朱自清、葉聖陶先生以《經典常談》介紹古典文學之後，不惜揮動如椽大筆，撰寫萬言小文，為青少年着想，講一講古文和古書以及外國文和外國書的讀法，立個指路牌。這不是《經典常談》的現代化，而是引導直接讀原書，了解其文化意義和歷史作用，打下文化知識基礎。若不讀原書，無直接印象，雖有「常談」，聽過了，看過了，考過了，隨即就會忘的。「時不我與」，不要等到二十一世紀再補課了。那時只怕青年不要讀這些書，讀書法也不同，更來不及了。

一九八四年

（選自《讀書》，1984 年第 11 期）

談讀書和「格式塔」

金克木

現在人讀書有個問題：書愈來愈多，到底該怎麼讀？

漢朝人東方朔吹噓他「三冬，文史足用」。唐朝人杜甫自說「讀書破萬卷」。宋朝以後的人就不大敢吹大氣了。因為印刷術普及，印書多，再加上手抄書，誰也不敢說書讀全了。於是只好加以限制，分出「正經書」和「閒書」，「正經書」中又限制為經、史，甚至只有「九經、三史」要讀，其他書可多可少了。

現在我們的讀書負擔更不得了。不但要讀中國書，還要讀外國書，還有雜誌、報紙，即使請電子計算機代勞，我們只按終端電鈕望望熒光屏，恐怕也不行。一本一本讀也不行，不一本一本讀也不行。總而言之是讀不過來。光讀基本書也不行：數量少了，質量高了，又難懂，讀不快，而且只是打基礎不行，還得蓋樓房。怎麼辦？不說現代書，就說中國古書吧，等古籍整理出來不知何年何月，印出來的只怕會愈多而不是愈少，因為許多珍貴古籍和抄本都會印出來。而且古書要加上標點注釋和序跋之類，原來很薄的一本書會變成一本厚書。古書整體並沒有死亡，現在還在生長。好像數量有限度，其實不然。《易經》、《老子》從漢墓裏挖出了不同本子。《紅樓夢》從外國弄回來又一個抄本。難保不再出現殷墟、敦煌、吐魯番之類。少數民族有許多古書還原封未動，或口頭流傳。古書像出土文物，有增有減，現在是增的多減的少。也許理科的情況好些，不必再去讀歐幾里得、哥白尼、牛頓的原著了，都已經現代化進了新書裏了；可是新書卻多得驚人，只怕比文科的還生長得快。其實無論文理法工農醫哪一行，讀書都會覺得忙不過來吧？何況各學科的分解、交叉、滲透愈來愈不可捉摸，書也跟着生長。只管自己一個研究題目，其他書全不看，當然也可以，不過作為一個社會活動中的人若總是好像「套中人」，不無遺憾吧？

現在該怎麼讀書？這個問題只怕還沒到有方案要作可行性審議的時候。不過看來對這問題感到迫切的是成年人或則中年人。兒童和青少年自己未必有此感覺。他們讀書還多半靠別人引導。一到成年，便算一進大學吧，開始有人會感覺到了，也未必都那麼迫切。有幸進大學的人多半還忙於應付考試，其他人也忙於為各種目的而自學或就業，無暇也無心多讀書。老年人還有那麼大的好奇心和讀書興趣的怕不太多。讀書能力，至少是目力和記憶力，到老年也會大不如前了。所以書讀不過來的問題只怕主要是從二十幾歲到五六十歲以知識為職業的人的煩惱。實際上，範圍恐怕還要小。從事某一專題研究的人未必都有此感覺。讀書無興趣的人也未必着急要讀書。所以真正說來，這問題只是少數敏感的大約二十歲到四十歲的人感到迫切。對這些人講讀基本典籍當然對不上口徑。這也許是有人想提倡讀基本書而未得到響應的原因之一吧？書賣得多的未必讀的人多，手不釋卷的人也許手中是武俠和偵探小說或測試題答案，嚷沒工夫讀書的人說不定並不是急於讀書，所以不見得需要講什麼讀書方法和經驗，不過閒談幾句讀書似也無妨。

照我的想法，同是讀書人，讀同類的書，只講數量，十八歲的不會比八十歲的讀得多。這不成問題，所以剛上大學不必為不如老教授讀書多而着急。應當問的是：自己究竟超過了那位八十歲的老人在十八歲時的情況沒有？若是超過了或大致相等，就可放心；若是還不如，那就該着急了。不會件件不如，應當分析比較一下，再決定怎麼辦。讀書還不能只比數量，還得比質量，讀的什麼書，讀到了什麼。我想，教書的人，特別是教大學的人，應當要求十八歲的學生超過十八歲的自己，不應當要求學生比上現在的自己。我教過小學、中學、大學，每次總覺得學生有的地方比我強。這自然是我本來不行之故，卻也可供參考。我自己覺得有不如學生之處，也有勝過學生之處，要教的是後者，不是前者。也許這就是我多次教書都尚未被學生趕走之故吧？甚至還有兩三次在講完課後學生忽然鼓掌使我大吃一驚的事，其實那課上講的並不是我有什麼獨到之處。由此我向學生學到了一點，讀書可以把書當作教師，只要取其所長，不要責其所短。當然有十幾年的情況要除外，正如有些書要除外一樣。

話說回來，二三十歲的人如果想讀自己研究以外的書，如何在書海之中航行呢？我的航行是迷了路的，不能充當羅盤。我也不知道有沒有什麼訣竅。假如必須說點什麼，也許只好說，我覺得最好學會給書「看相」，最好還能兼有圖書館員和報館編輯的本領。這當然都是說的老話，不是指現在的情況。我很佩服這三種人的本領，深感當初若能學到舊社會中這三種人的本領，讀起書來可能效率高一點。其實這三樣也只是一種本領，用古話說就是「望氣術」。古人常說「夜觀天象」，或則說望見什麼地方有什麼「劍氣」，什麼人有什麼「才氣」之類，雖說是迷信，但也有個道理，就是一望而見其整體，發現整體的特點。用外國話說，也許可以算是一八九〇年奧國哲學家艾倫費爾斯（Ehrenfels）首先提出來，後來又為一些心理學家所接受並發展的「格式塔」(Gestalt 完形)吧？二十世紀有不少哲學家和科學家探討這個望其整體的問題，不過不是都用這個術語，從本世紀初到現在世紀末，各門學術，又是分析，又是綜合，又是推理，又是實驗，現在彷彿有點殊途同歸，而且愈來愈科學化、數學化、哲學化了，這和技術發展是同步前進的。説不定到二十一世紀會像十九世紀那樣出現新局面，使人類的眼光更遠大而深刻，從而恢復自信，減少文化自殺和自尋毀滅。

從前「看相」的人常説人有一種「格局」。這和看「風水」類似。王充《論衡》有〈骨相〉篇，可見很古就有。這些迷信説法和人類學、地理學正像煉丹術和化學，占星術和天文學一樣，有巫術和科學的根本區別，卻又不是毫無聯繫，一無是處。不論是人還是地，確實有一種「格局」(王充説的「骨法」)，或説是結構、模式，不過從前人由此猜測吉凶禍福是方向錯了，結論不對。但不必因此否認人和物自有「格局」。

從前在圖書館工作的人沒有電子計算機等工具。甚至書目還是書本式，沒有變成一張張分立的卡片。書是放在架上，一眼望去可以看見很多書。因此不大不小的圖書館中的人能像藏書家那樣會「望氣」，一見紙墨、版型、字體便知版本新舊。不但能望出書的形式，還能望出書的性質，一直能望到書的價值高低。這在從前是熟能生巧之故。不過有些人注意了，可以練得出一點這種本事，有些人對書不想多了解，就不練這種本事。編書目的，看守書庫查找書的，管借書、還書的，都可能自己學得到，卻不是每人都必然學得到。對書和對人有點相似，有人會認人，有人不會。書也有點像字畫。

從前報館裏分工沒有現在這麼細，沒有這麼多欄目互相隔絕，也沒有這麼多人合管一個版面，更沒有電子計算機之類現代工具。那時的編輯「管得寬」，又要搶時間，要和別的報紙競爭，所以到夜半，發稿截止時間將到而大量新聞稿件正在蜂擁而來之時，真是緊張萬分，必須迅速判斷而且要胸有全局。一版或一欄（評論、專論）或一方面（副刊、專欄）或整個報紙（總編輯負責全部要看大樣），都不能事先印出、傳來傳去、集體討論、請示、批准，而要搶時間，要自己動手。不大不小的報紙的編輯和記者，除社外特約的以外，都不能只顧自己，不管其他；既要記住以前，又要想到以後，還要了解別家報紙，更要時時注意辨識社會和本報的風向。這些都有時間係數，很難得從容考慮仔細推敲的工夫，不能慢慢熬時間，當學徒。這和飯碗有關，不能掉以輕心。許多人由此練出了所謂「新聞眼」、「新聞嗅覺」、「編輯頭腦」。當校對也很不容易，要學會一眼望去錯別字彷彿自己跳出來。慢了，排字工人不耐煩；錯了，編輯會給臉色看。工資不多，地位不高，責任很重，非有本領不可。

以上說的都是舊社會的事。「看相」早已消滅了，圖書館和報館也不是手工業式了，人的能力很多都讓給機器了。可是讀書多半還是手工業式，集體朗誦也得各人自己聽，自己領會，所以上面說的「望氣」本領至少現在對於讀書大概還有點用處。若能「望氣」而知書的「格局」，會看書的「相」，又能見書即知在哪一類中、哪一架格上，還具有一望而能迅速判斷其「新聞價值」的能力，那就可以有「略覽群書」的本領，因而也就可以「博覽群書」，不必一字一句讀下去，看到後頭忘了前頭，看完了對全書茫然不知要點，那樣花費時間了。據説諸葛亮讀書是「但觀大略」，不知是不是這樣。這也不見得稀奇，注意比較，注意「格局」，就可能做到。當然搜集資料、鑽研經典、應付考試都不能這樣。

其實以上説的這種「格式塔」知覺在嬰兒時期就開始了。辨別媽媽和爸爸的不同不是靠分析、綜合、推理而來，也不是單純條件反射。人人都有這種本領，不過很少人注意自己去鍛煉並發展。科學家對此的解説還遠未完成，所以好像有點神秘，實際上平常得很。可惜現在圖書館不讓人人進書庫，書店不讓人人走到書架前自己翻閱，書攤子只賣報紙雜誌通俗書，報館不讓人人去實習，而且分工太細又互不通氣，時間性要求不強，缺少緊迫感，要練這種「略覽」又「博覽」的「望氣」工夫比學武術和氣功還難。先練習看目錄、做提要當然可以，另外還有個補救辦法是把人代替書，在人多的地方練習觀察人。這類機會可多了。書和人是大有相似之處的。學學給人做新式「看相」，比較比較，不是為當小説家、戲劇家，為的是學讀書，把人當作書讀。這對人無害，於己有益。「一法通，百法通」，有可能自己練出一種「格式塔」感來。也許這是「宏觀」、「整體觀」的本領，用來讀書總是有益無害的吧？

我來不及再學這種讀書本領了，説出來「信不信由你」，至少是無害的吧？再重複一句：這説的是「博覽」、「略覽」，不是説研究，只是作為自我教育的一個部分，不是「萬應讀書方」。

一九八六年

（選自《讀書》，1986 年第 10 期）

書呆子
甕牖剩墨之二

王力

從來沒有人給書呆子下過定義；普通總把喜歡唸書而又不懂人情世故的人，叫做書呆子。

然而在這種廣泛的定義之下，書呆子又可分為許多種類，甚至於有性質恰恰相反的。據我所知，有不治家人生產的書呆子，同時也有視財如命的書呆子；有不近女色的書呆子，同時也有「沙蒂主義」[1] 的書呆子。

依我們看來，「呆」的意義範圍盡可以看得更大些。凡是喜歡讀書做文章，而不肯犧牲了自己的興趣，和自己認為有意義的事業，去博取安富尊榮者，都可認為書呆子。依着這樣說法，世間的書呆子似乎不少；但若仔細觀察，卻又不像始料的那樣多。世間只有極少數人能像教徒殉道一般地殉呆，至死而不變，強哉矯。[2] 這種人可以稱為「呆之聖者也」。又有頗少數的人，為饑寒所迫，不能不稍稍犧牲他們的興趣，然而大體上還不至於失了平日的操守。這種人可以稱為「呆之賢者也」。我們對於前者，固然願意買絲繡

1. 沙蒂主義，英文為 sadism，色情狂。
2.《中庸》:「國無道，至死不變，強哉矯。」矯，強的樣子。

之；對於後者，也並不忍苛責。波特萊爾[3]的詩有云：「饑腸轆轆佯為飽，熱淚汪汪強作歡；沿戶違心歌下里，媚人無奈博三餐！」我們將為此種人痛哭之不暇，還忍能心苛責他們嗎？

書呆子自有其樂趣，也許還可以說是其樂無窮。我沒有達到純呆的境界，不敢妄擬，怕的是唐突呆賢，污蔑呆聖。但是我敢斷言，書呆子是能自得其樂的。不然則難道巢父[4]、許由[5]、務光[6]、嚴子陵[7]、陶淵明、林逋[8]一班人都是鎮日價哭喪着臉不成？只有冒充書呆子的人是苦的；身在黌宮[9]，心存廊廟[10]；日談守黑[11]，夜夢飛黃[12]。某老同學新膺部長，而自顧故我依然，不免一氣；某晚輩扶搖直上，而自己則曳尾塗中[13]，又不免一氣。蠖屈[14]非不求伸，但是，待字閨中二十年，為免「千揀萬揀，揀個破油盞」之誚，實有不能隨便出閣的苦衷。這種坐牢式的生活，其苦可想而見。

事實上，做書呆子也是很難的。即使你甘心過那種「田園一蚊睫，書卷百牛腰」[15]的生活，你的父母、兄弟、妻子，以至表兄的

3. 法國詩人 Baudelaire（1821–1867）。
4. 相傳巢父為堯時的隱士。
5. 相傳許由為堯時的隱士。
6. 商湯讓天下給務光，務光發怒不受。事見《莊子・外物》。
7. 東漢人，曾與光武帝劉秀為友，劉秀做皇帝後，便隱居不出。.
8. 宋朝人，字君復，隱居西湖孤山，樹梅養鶴。因此人們説他以梅為妻，以鶴為子。
9. 古時的學校。
10. 廊廟指朝廷。
11. 《老子》：「知其白，守其黑，為天下式。」指安於默默無聞。
12. 神馬名。《淮南子・覽冥》：「青龍進駕，飛黃伏皁。」這裏是飛黃騰達的省略。
13. 語見《莊子・秋水》，原比喻自由的隱居生活，這裏指沒有作官。
14. 《周易・繫辭》：「尺蠖之屈，以求信也。」比喻人不得志。蠖，尺蠖，蟲名。信，同伸。
15. 蚊睫，蚊子的睫毛，比喻極小的處所。百牛腰，指書多得要像百牛的腰。這兩句指讀書田園的隱士生活。語見宋周孚《贈蕭光祖》詩。

連襟的乾兒子，卻都巴望你「朝為田舍郎，暮登天子堂」。蘇秦奔走七國，憑着寸厚的臉皮去碰了許多釘子，固然因為他自己熱中利祿，卻也有幾分是由於他有一個不下機的妻，一個不為炊的嫂，和一對不以為子的父母。《晉書 · 王戎傳》裏說，「衍口未嘗言錢，婦令婢以錢繞床下，衍晨下，不得出，呼婢曰，舉卻阿堵物。」咱們知道，王衍初官元城令，累遷至司徒，豈是討厭銅臭的人物？也許他本來就是一個假書呆子。但也有另一種可能性，就是賢內助的薰陶既久，一朝恍然大悟，於是鄙薄巢由[16]，欽崇石鄧[17]，前後判若兩人。由此看來，若真要做一世的書呆子，而不中途失節，古井興波[18]，至少須得找一個女書呆子來做太太，那位「不因人熱」[19]的梁鴻，假使沒有一個「鹿車共挽」[20]的孟光來和他搭配，他究竟能夠安然隱居於霸陵山嗎？

抗戰以來，書呆子的外界刺激確是更多了。在這大學教授的收入不如一個理髮匠，中學教員的收入不如一個洋車夫的時代，更顯得書呆子無能。汽車司機是要經過相當訓練的，而且須是年富力強，有些書呆子幹不了，那是可原諒的。但是，連汽車公司的買辦和轉運公司的掌櫃也都做不來嗎？經濟系的畢業生走仰光，月入二千元；化學系的學生入藥廠，月入一千元；工科的學生入交通界或工廠，月入五六百元至一二千元不等；而他們的老師的收入卻都

16. 即巢父、許由。
17. 晉石崇、漢鄧通，都非常富有。
18. 唐朝孟郊有「妾心古井水，波瀾誓不起」的詩句。這句話用來指不能堅持到底。
19.《東觀漢紀 · 梁鴻傳》：「童子鴻不因人熱者也。」這裏指不依賴別人。
20. 指夫妻和睦、互相幫助。鹿車，古時的一種小車。《後漢書 · 鮑宣妻傳》：「妻乃……與宣共挽鹿車歸鄉里。」

幾乎不能糊口，「飽」還勉強，「温」則大有問題。弟子能做的事老師也該能做：「是不為也，非不能也」，這又無非是呆的表現。一位中學教員告訴我，他們學校的一個工友有了高就，是㴱西某廠的什麼長，月薪三百元，津貼在外。另一位朋友告訴我，㴱西某廠的廚子月薪千元，供膳宿（世間哪有不供膳宿的廚子？）。教育界中會做飯菜的人不少，然而沒有聽見他們當廚子去，這恐怕是許多人所不能了解的。

我説抗戰以來書呆子的刺激更多，並不是説他們看見別人發財，由羨生妒，由妒生恨。假使是這樣，他們也就不成其為書呆子了。甚至於受了挑扁擔的張三或做小工的李四的奚落，如果你是一個呆聖，也沒有可以生氣的理由。最堪痛哭者還是親人的怨懟。甲先生的家裏説：「人家小學未畢業，現在做了某某處的營業部長，已經賺了幾十萬了，你在外國留學十年，現在不過做個窮教授！」乙先生的家裏説：「李阿狗一個字不認得，現在專走廣州灣挑扁擔，已有幾千元的積蓄了；你是大學畢業生，現在卻連父母都養不起！」學位和金錢似乎沒有必然的聯繫，然而家裏人並不和你講邏輯，反正供給你讀了十餘年以至二十餘年的書是事實，而你現在非但不能翻本，連利息都賺不夠也是事實。

太太和先生的志同道合也是有限度的。正在三旬九食、[21] 仰屋[22] 踟躕之際，忽然某巨公三顧茅廬，太太拔釵沽酒，殺雞為黍，興高采烈，如見窖金。等到先生敬謝不敏之後，某巨公一場掃興還是小

21. 食指生活艱辛，得食很難。《説苑 · 立節》：「子思居於衛，縕袍無裹，三旬而九食。」.
22. 指沒有辦法，只有在屋裏仰頭長嘆。語見《宋史 · 富弼傳》。

事，心上人珠淚盈眶，雖呆聖亦豈能無動於衷？至於兼課兼事，在這年頭兒，更是無傷於廉，然而竟有辭絕不幹者，其愚尤不可及。太太的埋怨，除了和他一樣呆的人外，誰不表示同情？所以我們說，這年頭兒的書呆子加倍難做。「時窮節乃見」[23]，咱們等着瞧那一班自命為書呆子的人們，誰能通過這大時代的試金石。

一九四二年《星期評論》

（選自《龍蟲並雕齋瑣語》，北京：中國社會科學出版社，1982 年）

23. 文天祥《正氣歌》：「時窮節乃見，一一垂丹青。」

戰時的書
甕牖剩墨之四

王力

如果說梅和鶴是隱士的妻和子，那麼，書該是文人的親摯的女友。抗戰以前，靠粉筆吃飯的人雖然清苦，也頗能量入為出，不至於負債；如果負債的話，債主就是舊書舖的老闆。這種情形，頗像為了一個女朋友而用了許多大可不必用的錢。另有些人把每月收入的大半用於買書，太太在家裏領着三五個小孩過着極艱難的日子，啃窩窩頭，穿補釘衣服。這種情形，更像有了外遇，但見新人笑，不聞舊人哭了。

依照文人的酸話，有書勝於有錢，所以藏書多者稱為「坐擁百城」，讀書很多者為「學富五車」。有些真正有錢的人雖然胸無點墨，也想附庸風雅，大洋樓裏面也有書房，書房裏至少有一部《四部叢刊》或《萬有文庫》，可見一般人對於書總還認為一種點綴品。當年我們在清華園的時候，有朋友來參觀，我們且不領他們去欣賞那地板光可鑒人，容得下千人跳舞的健身房，卻先領他們去瞻仰那價值十萬美金的書庫。「滿目琳琅」四個字決不是過度形容語。那時節，我們無論是學生，是教員，大家都覺得學校的「百城」就是我們的「百城」，有了這麼一個圖書館，我們的五車之富是唾手可致了。

到如今，我們是出了象牙之塔！每月的薪水買不到兩石米固然令我們嘆氣，但是失了我們的「百城」更令我們傷心。非但學校的書搬出來的甚少，連私人的書也沒法子帶出來。如果女友的譬喻還算確切的話，現在不知有多少人在害着相思病！「劉郎已恨蓬山遠，更隔蓬山一萬重」，未免有情，誰能遣此？回首前塵，實在是不勝今昔之感。

固然書籍的缺乏也有好處，我們可以從此專治一經，沒有博而寡要的毛病了。但是，大學生正在求博貴於求精的時代，我們怎好叫他們也專治一經？照例，在每一門功課的開始，應該開列給學生們一個參考書目；但是，現在如果照當年那樣地開列一個參考書目，就只算是向他們誇示你曾經讀過這些書，實際上並沒有絲毫的益處。倒不如索性憑着你肚子裏能記得多少，就傳給他們多少。他們對你這個「書櫥」自然未必信任，因為一個人無論怎樣博聞強記，對於他所讀過的書也不免「時得一二遺八九」；然而歡迎這種辦法者不乏其人，因為考試的範圍不會再超出那寥寥幾十頁的筆記了。專制時代有「朕即天下」的說法，現在靠粉筆吃飯的人可以說「朕即學問」。我們應該因此自負呢，還是清夜捫心，不免汗流浹背呢？

現在後方的書籍實在少得可驚。西書固然買不着，中文書籍可讀的也缺乏得很。新書固然不多，木版的線裝書卻更難找。譬如要買一部《十三經注疏》，就要看你的命運！近來更有令人傷心的現象，連好些的中英文字典都缺貨了。書店裏陳列着的都是一些《大綱》，《一月通》，《大學試題》和許多《八股》。從前貧士們買不起書籍，還可以在書攤上「揩油」。一目十行，也就躊躇滿志。現在呢？書攤上幾乎可以說是沒有「揩油」的價值，然而貧士們積習難除，每逢經過書店的時候，也還是忍不住走進去翻翻，這正是所謂過屠門而大嚼，雖不得肉，貴且快意罷了。

書攤上擺的都是小冊子，一方面適合讀者的購買力，一方面又是配合戰時一般人的功利思想。大家覺得，在這抗戰時期，咱們所讀的書必須與抗戰有關；和抗戰沒有直接關係的書自然應該束諸高閣。大家又覺得，抗戰時期讀書要講效率，要在短期內，上之做到安邦定國的地步，下之亦能為社會服務，間接有功於國家。古人把書籍稱為「書田」「經畬」之類是拿耕種來比讀書，必須「三時不害」[1]，然後可望五穀豐登。現代的人把書籍稱為「精神食糧」，是不肯耐煩耕種，只希望書籍能像麵包一般地，吃下去即刻可以充飢。今天唸了一本《經濟學講話》，明天就成為一個經濟學家；今天唸了一本《怎樣研究文學》，明天就成為一個文學家；今天唸了一本《新詩作法》，明天就成為一個詩人。平時如比，戰時尤其如此。「食糧」！「食糧」！世上多少自欺欺人的事假借你的名義而行；現在大家嚷着精神食糧缺乏，自然是事實，然而像現在這種小冊子再加上十倍，恐怕也是救不了真正讀書人的飢渴。

同時，書籍的印刷也呈現空前的奇觀。墨痕尚濕，漫漶[2]過於孔宙之碑[3];紙色猶新，斷爛猶如汲冢之簡[4]。這還可說是為暫時物力所限，無可奈何；然而人力似乎也和物力相配而行。出版家好像是

---

1. 指不傷害農時。三時指春夏秋三季。《左傳・桓公六年》:「謂其三時不害而民和年豐也。」
2. 指字跡不清。蘇軾有「圖書已漫漶」的詩句。
3. 漢朝泰山都尉孔宙的墓碑，存曲阜孔廟，字已多不清。孔宙，孔融之父。
4. 晉朝汲郡古墓中出土的先秦古簡。

說：惡劣的紙墨如果配上優秀的手民[5]和校對員，好像駿馬馱糞，委屈了良材，又像梅蘭芳穿上了天橋舊戲衣，唱破了嗓子也是白費力氣！倒不如索性馬虎到底，反正有「國難」二字可以藉口的。這一來，作者和讀者們可就苦了。在作者方面，雖則推敲曾費九思[6]；在手民方面，卻是虛虎不煩三寫！[7]至於英文的排印，就更令人啼笑皆非。非但字典裏沒有這個詞，而且根本沒有這種拼法！嘔盡了心血寫成了一篇文章或一部書，在這年頭兒能夠發表或出版，總算萬幸，所以看見了自己的文章印出來沒有不快活的。但是，看見了排錯一個字，就比被人剋扣了一半的稿費還更傷心；若看見排錯了十個字，甚至於後悔不該發表或出版。要求更正嗎？非但自己不勝其煩，而且編者也未必同情於你這種敝帚自珍的心理。說到讀者方面，感想又不相同。偶然有人趁此機會攻擊作者，硬說手民之誤是作者自己的錯誤，不通；然而就一般情形而論，都沒有這種落井下石的心理，不過大家感覺得不痛快，因為須得像猜詩謎一般地，費盡心思去揣測原稿寫的是什麼字。總之，喜歡完善自是人情之常；非但作者和讀者們，連編者也何嘗願意看見自己所編的刊物滿紙都是誤排的字呢？在以前，被人看重的刊物往往經過三次的校對；現在戎馬倥傯之際，找得着一個印刷所肯承印已經是不容易了，誰敢再提出校對三次的要求？這樣說來，校對的不周到仍舊是受了戰事的影響。

---

5. 指排字工人。
6. 指反覆地多方面的考慮。《論語．季氏》：「君子有九思。」
7. 《抱朴子．遐覽》：「書三寫，魚成魯，虛成虎。」指字形相近的字，經過多次傳抄，容易寫錯。

這個時代是文人最痛苦的時代。別人只是勞其筋骨，餓其體膚，文人除此之外還有一種更大的悲哀，就是求知慾不得滿足。伴着求知慾的還有對於書籍的一種美感，例如古色斑斕的宋版書和裝潢瑰麗的善本書等，都像古代器皿一般地值得把玩，名人字畫一般地值得欣賞。所以藏書是種需要，同時也是一種娛樂。現在因為書籍缺乏，我們的需要不能滿足；印刷惡劣，我們的娛樂更無從獲得。我們在物質的享受上雖是「竹籬茅舍自甘心」[8]，然而在精神的安慰上卻不免常做仰視千七百二十九鶴[9]的美夢。我們深信這美夢終有成為事實的一日，不過現在我們只好暫時忍耐罷了。

一九四二年《中央周刊》

（選自《龍蟲並雕齋瑣語》，北京：中國社會科學出版社，1982 年）

---

8. 宋・王淇《梅》:「不受塵埃半點侵，竹籬茅舍自甘心。」
9. 清朝趙之謙作夢進入鶴山，仰見一千七百二十九鶴，驚醒，因此把他輯刊的叢書命名為《仰視千七百二十九鶴叢書》。

書痴

葉靈鳳

不久以前，我從遼遠的紐約買來了一張原版的銅刻，作者麥賽爾（Mercier）並不是一位怎樣了不起的版畫家，價錢也不十分便宜，幾乎要花費了十篇這樣短文所得的稿費，這在我當然是過於奢侈的舉動，然而我已經深深的迷戀着這張畫面上所表現的一切，終於毫不躊躇的託一家書店去購來了。

這張銅刻的題名是《書痴》。畫面是一間藏書室，四壁都是直達天花板的書架，在一架高高梯凳頂上，站着一位白髮老人，也許就是這間藏書室的主人，他脅下夾着一本書，兩腿之間夾着一本書，左手持着一本書在讀，右手正從架上又抽出一本。天花板上有天窗，一縷陽光正斜斜的射在他的書上，射在他的身上。

麥賽爾的手法是寫實的，他的細緻的鋼筆，幾乎連每一冊書的書脊都被刻畫出了。

這是一個頗靜謐的畫面。這位藏書室的主人，也許是一位退休的英雄，也許是一個博學無所精通的涉獵家，晚年沉浸在寂寞的環境裏，偶然因了一點感觸，便來發掘他的寶藏。他也許有所搜尋，也許毫無目的，但無論怎樣，在這一瞬間，他總是佔有了這小小的世界，暫時忘記了他一生的哀樂了。

讀書是一件樂事，藏書更是一件樂事。但這種樂趣不是人人可以獲得，也不是隨時隨地可以拈來即是的。學問家的讀書，抱着「開卷有益」的野心，估量着書中每一個字的價值而定取捨，這是在購物，不是讀書。版本家的藏書，斤斤較量着版本的格式，藏家印章的有無，他是在收古董，並不是在藏書。至於暴發戶和大腹賈，為了裝點門面，在旦夕之間便坐擁百城，那更是書的敵人了。

真正的愛書家和藏書家，他必定是一個在廣闊的人生道上嘗遍了哀樂，而後才走入這種狹隘的嗜好以求慰藉的人。他固然重視版本，但不是為了市價；他固然手不釋卷，但不是為了學問。他是將書當作了友人，將讀書當作了和朋友談話一樣的一件樂事。

正如這幅畫上所表現的一樣，這間藏書室裏的書籍，必定是辛辛苦苦零星搜集而成。然後在偶然的翻閱之間，隨手打開一本書，想起當日購買的情形，便像是不期而然在路上遇見一位老友一樣。

古人説水火和兵燹是圖書的三厄，再加上遇人不淑，或者竟束之高閣。所以一冊書到手，在有些人眼中看來正不是一件易事，而這亂世的藏書，更有朝不保暮之虞。這種情形之下，想到這幅畫上的一切，當然更使人神往了。

（選自《讀書隨筆》一集，北京：三聯書店，1988 年）

書齋趣味

葉靈鳳

在時常放在手邊的幾冊愛讀的西洋文學書籍中，我最愛英國薄命文人喬治・季辛的晚年著作《越氏私記》。因為不僅文字的氣氛舒徐，能使你百讀不厭，而且更給為衣食庸碌了半生的文人幻出了一個可羨的晚景。此外，關於購買書籍的幾章，寫着他怎樣空了手在書店裏流連不忍去的情形，也使我不時要想到了自己。

十年以來，許多年少的趣味都逐漸減淡而消失了，獨有對於書籍的愛好，卻仍保持着一向的興趣，而且更加深溺了起來。我是一個不能順隨我買書的慾望任意搜求的人，然而僅僅是這目前的所有，已經消耗我幾多可驚的心血了。

偶一回顧，對於森然林立在架上的每一冊書，我不僅能說出它的內容，舉出它的特點，而且更能想到每一冊書購買時的情形，購買時艱難的情形。正如季辛所說，為了精神上的糧食，怎樣在和物質生活鬥爭。

對於人間不能盡然忘懷的我，每當到了無可奈何的時候，我便將自己深鎖在這間冷靜的書齋中，這間用自己的心血所築成的避難所，隨意抽下幾冊書攤在眼前，以遣排那些不能遣排的情緒。

在這時候，書籍對於我，便成為唯一的無言的伴侶。他任我從他的蘊藏中搜尋我的歡笑，搜尋我的哀愁，而絕無一絲埋怨。也許是因了這，我便鍾愛着我的每一冊書，而且從不肯錯過每一冊書可能的購買的機會。

對於我，書的鍾愛，與其説由於知識的渴慕，不如説由於精神上的安慰。因為攤開了每一冊書，我不僅能忘去了我自己，而且更能獲得了我自己。

在這冬季的深夜，放下了窗簾，對了爐火，在沉靜的燈光下，靠在椅上翻着白天買來的新書的心情，我是在寂寞的人生旅途上為自己搜尋着新的伴侶。

（選自《讀書隨筆》一集，北京：三聯書店，1988 年）

書痴

黃裳

看題目，這好像是從《聊齋志異》上抄了來的。一個年青的讀書人廢寢忘食地在書齋裏讀書，半夜裏，一張少女漂亮的臉在窗外出現了，……後來，自然要有一段曲折、甜蜜的戀愛生活，然後，書生得到少女的幫助，終於考中了狀元，做了大官。……

自然，這不過是說笑話。蒲松齡的思想境界是不至如此低下的。但在風起雲湧繼《聊齋志異》而出現的什麼《夜談隨錄》、《夜雨秋燈錄》之類的作品裏，這樣的故事就不只是可能、而且是必然要出現的了。在那樣的社會裏，「書中自有黃金屋；書中自有顏如玉；書中自有千鍾粟……」的「美妙」幻想，在讀書人的頭腦裏，簡直是獨霸着的，這就使他們不能不整天價做着此類的白日好夢，也自然要進而寫進他們的創作中間。

不過關於讀書人真實的並非捏造的故事，也是有的。如果圖便捷，不想翻檢許多書本，我想，葉昌熾的《藏書紀事詩》是可以看看的。

葉昌熾辛苦地從大量原始紀錄中搜羅了豐富的材料，依時代次序，把許多著名藏書家的故事編綴在一起，是煞費苦心的。他的書在這一領域不愧是「開山之作」，過去還沒有誰就此進行過系統的研究。

葉昌熾的書另一值得佩服的特點是，他在取材時盡量選取的是那種「非功利性」的讀書人的故事，因而也較少封建氣息的污染。當然這也只能是相對而言。和「為藝術而藝術」一樣，百分之百的「為讀書而讀書」是不存在的。讀書，無論在什麼時代，總都有他的目的性。但取捨之間，不同作者的眼光是大不相同的。我想這和葉昌熾自己就是一個生性恬淡，習慣於寂寞的研究，因而熱愛書本的書呆子不無關係。

如果想探索一下，是什麼促使人們熱愛書本，那原因看來也只能歸結為強烈的求知慾。司馬光是愛書的，他所藏的萬餘卷文史書籍，雖然天天翻閱，幾十年後依然還像「新若手未觸者」一樣。他對自己的兒子說過，「賈豎藏貨貝，儒家唯此耳。」這是很坦率的話。書是知識分子的吃飯傢伙，是不能不予以重視的。這裏我把「儒家」譯為知識分子，和「四人幫」的政客的解釋是不同的。雖然在政治上司馬光和王安石是對立的，但他這裏所謂「儒家」看來也只是封建社會讀書人的泛稱，並沒有什麼格外的「深意」。

司馬光自然並不是「為讀書而讀書」的人，他編寫《通鑒》的目的是為了「資治」，一點都不含糊。他的得力助手劉恕也是一位藏書家，他受司馬光的委託，經常走幾百里路訪問藏書家，閱讀抄寫。一次，他到宋次道家看書，主人殷勤招待。劉恕卻說，「此非吾所為來也。殊費吾事」，「悉去之，獨閉閣晝夜口誦手抄，留旬日，盡其書而去，目為之翳。」

也是宋代的著名詩人尤袤，則公然聲明他的藏書的目的是，「飢讀之以當肉，寒讀之以當裘。孤寂而讀之以當友朋，幽憂而讀之以當金石琴瑟也。」這個著名的聲明，出之詩人之口，很有點浪漫主義的味道。他是道出了「為讀書而讀書」的真意的。近代著名學人章鈺為自己的書齋取名「四當齋」，就是出典於此。

書籍是傳播知識的工具，在知識還是私有的時候，知識分子對書的爭奪是不可避免的。於是有許多見不得人的勾當幹出來了。有一些還被傳為「美談」，其實正是醜史。過去的藏書家喜歡在自己的藏書上加印。除了名號之外，也還有一種「閒章」，有時要長達數十百字，就等於一通宣言。從這些印章中，很可以窺見藏書家的心思。

陳仲魚有一方白文印，「得此書，費辛苦。後之人，其鑒我。」這是很有名的印記，讀了使人有一種無可奈何的印象，覺得陳仲魚是挺可憐的。他這裏所說的後人，並非指自己的子孫，而是後來得到他所藏書籍的人。在這一點上，他還是明智的，比有些人要高明得多。風溪陶崇質「南村草堂」藏書，每每鈐一楷書長印，文云，「趙文敏公書跋云：『聚書藏書，良匪易事。善觀書者，澄神端慮，淨几焚香。勿捲腦，勿折角，勿以爪侵字，勿以唾揭幅，勿以作枕，勿以夾策。隨開隨掩，隨損隨修。後之得吾書者，並奉贈此法。』陶松谷錄。」這也是很通脱的。愛書，但私有觀念並不怎樣濃重，是很難得的。明代著名藏書家、澹生堂主人祁承爜的印記則說，「澹生堂中儲經籍，主人手校無朝夕。讀之欣然忘飲食，典衣市書恒不給。後人但念阿翁癖，子孫益之守弗失。」則已明顯地露出了貪惜之念，而且要向子孫乞憐，把希望寄託在他們身上，結果當然是失望。祁家的藏書後來被黃梨洲、呂晚村大捆地買去，呂還為此作了兩首詩，其一云，「阿翁銘識墨猶新，大擔論斤換直銀。說與痴兒休笑倒，難尋幾世好書人。」說了一通風涼話，卻料不到他自己連同所藏書籍的命運比祁氏還要來得悲慘。

清末浙東湯氏藏書也有一方大印，「見即買，有必借，窘盡賣。高閣勤曬，國粹公器勿污壞。」說得更是開脫，而且毫不諱言，必要的時候盡可賣掉。這就分明可以看出，到了封建社會的晚期，「子孫世守」那樣的觀念已經日趨淡薄，而書籍作為商品，在讀書人心目中的地位也已大大改變了。

但在明代或更早，這種通脫的意見是難以遇見的。著名的天一閣，就歷世相傳着極嚴格的封建族規。藏書應怎樣保管，要經過怎樣煩難的手續才能看書……都規定得十分明確。有清一代，有許多著名的學者想登閣觀書都被回絕，這樣的紀事是很多的。約略與范欽同時的蘇州著名藏書家錢谷有一方印記則說，「賣衣買書志亦迂，愛護不異隋侯珠。有假不返遭神誅，子孫鬻之何其愚」。就大有咬牙切齒之意。錢叔寶是一位貧老的布衣，也是真正愛書、懂得讀書的人，他的這種憤激的言辭是可以理解的。說得更為可怕的是明末清初寧波的萬貞一（言），他是萬斯同的侄輩。我買到他的藏書，讀到他手鈐的藏印時，是吃了一驚的。他說，「吾存寧可食吾肉，吾亡寧可發吾槨。子子孫孫永勿鬻，熟此自可供饘粥。」在我淺薄的見聞中，像這樣說得斬釘截鐵、血肉模糊的可再也沒有了。

為了保護藏書，一方面是訓斥子孫，另一面則是威脅買主。可以作為代表的是另一方大印，不過已說不清是否是錢叔寶的手筆了。「趙文敏公書卷末云：吾家業儒，辛勤置書。以遺子孫，其志何如。後人不讀，將至於鬻。頹其家聲，不如禽犢。苟歸他室，當念斯言。取非其有，無寧舍旃！」

話雖如此，有些人肚裏明白，他們寄以殷切期望的孝子賢孫往往是靠不住的。明代的楊儀吉年老時就將所藏書散給了親戚、故舊，同時還恨恨地聲明：「令蕩子爨婦無復着手，亦一道也。」他大概看夠了官僚地主家庭子孫「不肖」的實例，才想出了這一條計。他是隱約地看出了「君子之澤、五世而斬」的規律的，自然並不明白那原因。

以上通過幾方藏書圖記，約略勾畫了藏書家愉快、痛苦交錯的矛盾心情。這些位，如稱之為「書痴」，大概是並無不合的。當然具有較為高明的識見者也不是沒有。明末的姚叔祥就説過「蓋知以秘惜為藏，不知以傳佈同好為藏耳」這樣的話，是很有見地的。可惜的是並不多見。

「嗜書好貨，同為一貪」。這是並非藏書家的極平凡的常識性見解，恐怕事實也確是如此。舊記中常常有人們千方百計搜求書籍的故事，有些自然是使人佩服的，有的就難説，比如朱彝尊買通了錢遵王的書童，把《讀書敏求記》的手稿偷出來傳抄，就被當做「佳話」寫入了序文。這其實就是孔乙己著名的自我辯護的藍本。「佳話」與「笑柄」的區別，完全以是否「名人」為準，事物的本質往往是被忽略了的。在階級社會裏，人們的行動是不能不受社會階級地位的制約的。孔乙己如果沒有落魄，或有朝一日又闊了起來，他就會使出不同的手段來搶，人們也不但不敢笑，而且還要眼睛望着地面了的。

關於《清明上河圖》或「一捧雪」的故事，人們是熟知的。因為有戲曲和小説的宣傳。嚴嵩、世蕃父子的收藏，詳細記錄在《天水冰山記》裏的，恐怕無一不是用同樣手段取得的。但很少有人知道，嚴家父子的前輩，秦檜父子早已玩過同樣的花樣了。

陸游《老學庵筆記》記，「王性之（名銍，是作《揮麈錄》的王明清的父親）既卒，秦熺方恃其父，氣焰薰灼。手書移郡，將欲取其所藏書，且許以官。其長子仲信名廉清，苦學有守，號泣拒之曰，『願守此書以死，不願官也』。郡將以禍福誘脅，皆不聽。熺亦不能奪而止。」這是八百多年以前的故事，但今天聽來也還面熟得很。同時還不能不嘆息古人到底「淳厚」，王廉清頂了一下，秦熺也就算了。如果換了陳伯達或那個「顧問」，你頂一下看，誰都知道那後果是什麼。

中國歷代皇帝有一種高妙的創造發明，好像一直不曾引起過怎樣的注意。那就是「抄家」。一個奴才，受到主子的寵信，逐漸爬起來了，一路上貪污、受賄，巧取、豪奪，終於積累了一大筆家私。到了一定的時機，皇帝就將面孔一板，抄家問罪。既平了「民憤」，皇帝自己也在「山呼萬歲」聲中寫寫意意地將貪官的辛勤集聚搬到內庫裏來。這實在是極為巧妙的一舉兩得的方法，比起自己出面接受「孝敬」要乾淨得多也省力得多。因此一代代繼承下來照辦無誤，不過一直心照不宣，也從不寫進什麼總結裏去。到了十年浩劫之時，「四人幫」之流就全盤繼承了這個辦法，並加以發展、提高。原來只限於幾個貪官的，現在就推廣到全民中去。原來的口號是懲治貪污，現在就改為破除「四舊」。在深度、廣度的變化上，都不能不說是受了清代文字獄的啟示。一切書籍、文物、藝術品……只要用「四舊」的尺子一量，就再也沒有地縫可鑽，一古腦兒被抄了去了。

奇怪的是，當時作為「罪證」的「四舊」，今天在許多人的眼睛裏又有了完全不同的意義。當黨和政府三令五申、撥亂反正，責成清理發還時，有的人就很不願意。在他們看來，「四人幫」的反革命掠奪，在理論上是非法的，在實際上卻是一種「成果」。

我不敢確說這樣的思想狀況有多少普遍性。因為即使抱有這種想法的人大抵也不肯坦白表示，他們嘴裏說的往往倒是更為動聽的詞句。不過從具體的現象中可以知道它是確實存在的。我自己的幾本破書被「四人幫」的爪牙抄去，已近八年。有些書就放在上海圖書館裏，我也早就看到了那詳目，知道是完整地保存着的。可是至今也還沒有發還的訊息。偶爾去打聽一下，就會聽到全套公文程式的答覆。最後這種繁複的套話濃縮成一句，是「尚未清理完畢」，而且已經重複了若干次了。真是奇怪，難道那幾本書就一直是點不清楚的麼？

一九七九年十二月二十日

（選自《讀書》，1980 年第 3 期）

我之於書

夏丏尊

二十年來，我生活費中至少十分之一二是消耗在書上的。我的房子裏比較貴重的東西就是書。

我一向沒有對於任何問題做高深研究的野心，因之所買的書範圍較廣，宗教，藝術，文學，社會，哲學，歷史，生物，各方面差不多都有一點。最多的是各國文學名著的譯本，與本國古來的詩文集，別的門類只是些概論等類的入門書而已。

我不喜歡向別人或圖書館借書。借來的書，在我好像過不來癮似的，必要是自己買的才滿足。這也可謂是一種佔有的慾望。買到了幾冊新書，一冊一冊地加蓋藏書印記，我最感到快悦的是這時候。

書籍到了我的手裏，我的習慣是先看序文，次看目錄。頁數不多的往往立刻通讀，篇幅大的，只把正文任擇一二章節略加翻閱，就插在書架上。除小説外，我少有全體讀完的大部的書，只憑了購入當時的記憶，知道某冊書是何種性質，其中大概有些什麼可取的材料而已。什麼書在什麼時候再去讀再去翻，連我自己也無把握，完全要看一個時期一個時期的興趣。關於這事，我常自比為古時的皇帝，而把插在架上的書譬諸列屋而居的宮女。

我雖愛買書，而對於書卻不甚愛惜。讀書的時候，常在書上把我所認為要緊的處所標出。線裝書大概用筆加圈，洋裝書竟用紅鉛筆劃粗粗的線。經我看過的書，統體乾淨的很少。

據說，任何愛吃糖果的人，只要叫他到糖果舖中去做事，見了糖果就會生厭。自我入書店以後，對於書的貪念也已消除了不少了，可是仍不免要故態復萌，想買這種，想買那種。這大概因為糖果要用嘴去吃，擺存毫無意義，而書則可以買了不看，任其只管插在架上的緣故吧。

（選自《中學生》，1933 年第 39 號）

版本小言

阿英

近來頗有人談論「版本」，在《太白》上，就有過兩篇。一是藏書家周越然所作，好像是拿女人的美醜，來和版本作對比。後一篇，是周氏的反對論者，說這樣的比擬，是不當的。版本，對於一個人研究學問，究竟有着怎樣的意義，值得大家如此津津有味的談論着呢？

版本是一種專門的學問，是可以成「家」的。據我所知，上海的大藏書家，——銀行家，軍閥，官僚，暴發戶——大都是聘有版本的顧問。這些顧問，對於版本學，至少有二三十年的研究。一書到手，他可以告訴你這是什麼時候的刻本，多見少見，原刻，翻刻，有無他種好的，或者壞的刻本，卷數是否完全，以及價值幾何等等。不經這些專家的過目，大價錢的書，他們是不敢收買的。不過他們雖懂得版本，卻不懂得學問，書的內容的好壞。做這種顧問的，大都是舊書店的老闆，算是一種兼職。他們對於藏書家的責任，一是作為版本的顧問，二是代為訪書。工作的時間很少，薪金每月總要百元以上。也有常川請不起，臨時聘任的，酬金高時，每天要五十兩銀子，還不能確定他替你看多少部書。胡適之就曾因不肯出五十兩一天，而遭「我的朋友」一個版本家的拒絕。因為他們各人的肚皮裏有一部書目，甚至記到全書有若干卷，若干頁，頁多少行，行多少字，不假思索的講給你聽。他們有你從任何「書目」上找不到的知識。

可惜他們不懂得學問。其實，懂得學問的人，也就不一定懂得版本。暴發戶銀行家之流，並非為學問而買書，我們不妨把他們擱在一邊。版本對於學術的研究，是極有關係的。除掉字體的美醜，版式和字的大小不說，好的版本，錯字就不會怎樣多，由作者自己校時，或當時名家負責校對，是比一般本子可靠的。但「善本」也不一定是初刻，有時復刻本，因作者刪改增補過，或者復刻者精細的校閱音注過，會比原刻，或原作者刻，是更為優勝的。翻刻本雖也算是復刻，卻比較的不可靠。這一類的本子，大概是用原刻本逐頁的貼在木板上重雕，字體、格式、行數、字數，完全的相同，不拿原刻從筆畫粗細等等方面去對比，簡直看不出來，然而常常的刻錯。大概每一種本子，錯誤處總有不同；經過作者刪改的復刻本的文字內容，在讀者看來，也不一定就比初稿優勝；這就有搜集多種版本來互相參校的必要了。至於斷句本與不斷句本，名家手批校閱本，對於研究者，同樣的有很大的關係。一字之差，會使文句的意思變質，要免除這種缺點，是非尋求「善本」不可的。

怎樣的認識版本呢？這不是在紙上可以談得好的，一半要靠實際的經驗。從字體上可以看到版本的時代，從紙張上也可看得出，從缺筆上可以使你懂得，從內容上，校刻者方面，一樣的會給你知道。同時，從這些方面，也能以使你不懂得。因為字體可以模仿，前一代的版子可以後一代印，缺筆可以作假，人名可以借托，內容也並非不能作弊。而且兩代過渡期間，刻板的風氣上沒有多大的變化，尤難以分清；看序文上的年月，是不見得可靠的。說到「抄本」，也是容易被蒙過，究竟有過刻本沒有，這是要用你的經驗與研究來決定；什麼時候的抄本，也要你會看，譬如紙色，賣書的人就會「做舊」。抄本之外，還有一種「禁毀本」，這應該是容易認的了，我們有的是「禁書目錄」，所以得到幫助，然而一樣是不竟然。「全毀」的本子容易知道，「抽毀」的本子，就有點不易，也許你買的一部，就是不完備，被抽去幾篇，或一部分，而重印了目錄，而重訂起的。版本學問之難，於此可以概見了吧。所以，我現在在談版本，實際上，我還是不懂得的，「我的朋友」，上海最有名的版本專家，他就屢次的告誡我，要我在買大價錢書時，先把「頭本」送給他看看，免得上當。

舊書固然如此，新書又何獨例外？版本對於新書，是一樣有道理的。原則是寫在上面了，這裏只要舉幾個實例。譬如郭譯的《少年維特之煩惱》，泰東的初譯本，就遠不如創造社的訂正復刊，而《現代》本雖是創造社所藏版，裝幀上卻遠不如創造。郭著《水平線下》，雖只有創造本，但實質上是有兩種的，一有下編《盲腸炎》，一則沒有。最近，於冷攤上買到魯迅和周作人在日本做學生時印的《域外小說集》，雖內容和群益刊本相同，但當看到首頁「會稽周氏弟兄纂評」，版權頁上的「發行人周樹人」，「總發行處上海廣昌隆綢緞莊」，及預告的安特來夫《紅笑》作《赤咲記》，來爾孟多夫《當代英雄》作《並世英雄傳》等等，卻感到，這一本書的獲得，是另外有着意義的。初版本較之重版本好的也有，茅盾的《子夜》，《散文集》即是。託名的一樣的有。至於名同而實不同，如《金瓶梅》的數種本子，《山中一夕話》的數種本子，在新書中似乎還不曾見到過。而在軍閥時代，《東方雜誌》的政治論文有「南方版」、「北方版」，內容迥然不同，曉得的人大概也不多罷。注意版本，是不僅在舊書方面，新文學的研究者，同樣的是不應該忽略的。

無論研究新舊學問，中外學問，對於版本，是應該加以注意的。你就是注意裝幀，也是一樣。徐志摩的《落葉》初版本，黏貼着的木刻似的封面畫一，和後來的各版就不同。郭沫若的《落葉》，精裝本的黃布面，是比各種版本美麗的。現在流行着簽名本，希望得到作家手跡的人，當然也有用處，和曾由作者蓋章發行的古書類似。至於新的禁版書，自費刻本，也許印得很少，也許將來難以得到，尤應加以注意。

一九三五年

（選自《夜航集》，上海：創作書社、上海良友圖書印刷公司，1935 年）

論書生的酸氣

朱自清

讀書人又稱書生。這固然是個可以驕傲的名字，如說「一介書生」，「書生本色」，都含有清高的意味。但是正因為清高，和現實脫了節，所以書生也是嘲諷的對象。人們常說「書呆子」、「迂夫子」、「腐儒」、「學究」等，都是嘲諷書生的。「呆」是不明利害，「迂」是繞大彎兒，「腐」是頑固守舊，「學究」是指一孔之見。總之，都是知古不知今，知書不知人，食而不化的讀死書或死讀書，所以在現實生活裏老是吃虧、誤事、鬧笑話。總之，書生的被嘲笑是在他們對於書的過分的執着上;過分的執着書，書就成了話柄了。

但是還有「寒酸」一個話語，也是形容書生的。「寒」是「寒素」，對「膏粱」而言，是魏晉南北朝分別門第的用語。「寒門」或「寒人」並不限於書生，武人也在裏頭；「寒士」才指書生。這「寒」指生活情形，指家世出身，並不關涉到書；單這個字也不含嘲諷的意味。加上「酸」字成為連語，就不同了，好像一副可憐相活現在眼前似的。「寒酸」似乎原作「酸寒」。韓愈《薦士》詩，「酸寒溧陽尉」，指的是孟郊；後來說「效寒島瘦」，孟郊和賈島都是失意的人，作的也是失意詩。「寒」和「瘦」映襯起來，夠可憐相的，但是韓愈說「酸寒」，似乎「酸」比「寒」重。可憐別人說「酸寒」，可憐自己也說「酸寒」，所以蘇軾有「故人留飲慰酸寒」的詩句。陸游有「書生老瘦轉酸寒」的詩句。「老瘦」固然可憐相，感激「故人留飲」也不免有點兒。范成大說「酸」是「書生氣味」，但是他要「洗盡書生氣味酸」，那大概是所謂「大丈夫不受人憐」罷？

為什麼「酸」是「書生氣味」呢？怎麼樣才是「酸」呢？話柄似乎還是在書上。我想這個「酸」原是指讀書的聲調說的。晉以來的清談很注重說話的聲調和讀書的聲調。說話注重音調和辭氣，以朗暢為好。讀書注重聲調，從《世說新語．文學篇》所記殷仲堪的話可見：他說，「三日不讀《道德經》，便覺舌本閒強」，說到舌頭，可見注重發音，注重發音也就是注重聲調。〈任誕篇〉又記王孝伯說：「名士不必須奇才，但使常得無事，痛飲酒，熟讀〈離騷〉，便可稱名士。」這「熟讀〈離騷〉」該也是高聲朗誦，更可見當時風氣。〈豪爽篇〉記「王司州（胡之）在謝公（安）坐，詠〈離騷〉、〈九歌〉『入不言兮出不辭，乘回風兮載雲旗』，語人云，『當爾時，覺一坐無人。』」正是這種名士氣的好例。讀古人的書注重聲調，讀自己的詩自然更注重聲調。〈文學篇〉記着袁宏的故事：

> 袁虎（宏小名虎）少貧，嘗為人傭載運租。謝鎮西經船行，其夜清風朗月，聞江渚間估客船上有詠詩聲，甚有情致，所誦五言，又其所未嘗聞，嘆美不能已。即遣委曲訊問，乃是袁自詠其所作詠史詩。因此相要，大相賞得。

從此袁宏名譽大盛，可見朗誦關係之大。此外《世說新語》裏記着「吟嘯」，「嘯詠」，「諷詠」，「諷誦」的還很多，大概也都是在朗誦古人的或自己的作品罷。

這裏最可注意的是所謂「洛下書生詠」或簡稱「洛生詠」。《晉書·謝安傳》說：

安本能為洛下書生詠。有鼻疾，故其音濁。名流愛其詠而弗能及，或手掩鼻以效之。

《世說新語·輕詆篇》卻記着：

人問顧長康「何以不作洛生詠？」答曰，「何至作老婢聲！」

劉孝標注，「洛下書生詠音重濁，故云『老婢聲』。」所謂「重濁」，似乎就是過分悲涼的意思。當時誦讀的聲調似乎以悲涼為主。王孝伯說「熟讀《離騷》，便可稱名士」，王胡之在謝安坐上詠的也是〈離騷〉、〈九歌〉，都是《楚辭》。當時誦讀《楚辭》，大概還知道用楚聲楚調，樂府曲調裏也正有楚調，而楚聲楚調向來是以悲涼為主。當時的誦讀大概受到和尚的梵誦或梵唱的影響很大，梵誦或梵唱主要的是長吟了，就是所謂「詠」。《楚辭》本多長句，楚聲楚調配合那長吟的梵調，相得益彰，更可以「詠」出悲涼的「情致」來。袁宏的詠史詩現存兩首，第一首開始就是「周昌梗概臣」一句，「梗概」就是「慷慨」，「感慨」；「慷慨悲歌」也是一種「書生本色」。沈約《宋書．謝靈運傳論》所舉的五言詩名句，鍾嶸《詩句．序》裏所舉的五言詩名句和名篇，差不多都是些「慷慨悲歌」。《晉書》裏還有一個故事。晉朝曹攄的《感舊》詩有「富貴他人合，貧賤親戚離」兩句。後來殷浩被廢為老百姓，送他的心愛的外甥回朝，朗誦這兩句，引起了身世之感，不覺淚下。這是悲涼的朗誦的確例。但是自己若是並無真實的悲哀，只去學時髦，揑着鼻子學那悲哀的「老婢聲」的「洛生詠」，那就過了分，那也就是趙宋以來所謂「酸」了。

唐朝韓愈有《八月十五夜贈張功曹》詩，開頭是：

纖雲四卷天無河，清風吹空月舒波。
沙平水息聲影絕，一杯相屬君當歌。

接着說：

君歌聲酸辭且苦，不能聽終淚如雨。

接着就是那「酸」而「苦」的歌辭：

洞庭連天九疑高，蛟龍出沒猩鼯號，
十生九死到官所，幽居默默如藏逃。
下床畏蛇食畏藥，海氣濕蟄薰腥臊。
昨者州前槌大鼓，嗣皇繼聖登夔皋。
赦書一日行萬里，罪從大辟皆除死。
遷者追回流者還，滌瑕蕩垢朝清班。
州家申名使家抑，坎坷只得移荊蠻。
判司卑官不堪說，未免捶楚塵埃間。
同時輩流多上道，天路幽險難追攀！

張功曹是張署，和韓愈同被貶到邊遠的南方，順宗即位，只奉命調到近一些的江陵做個小官兒，還不得回到長安去，因此有了這一番冤苦的話。這是張署的話，也是韓愈的話。但是詩裏卻接着說：

君歌且休聽我歌，我歌今與君殊科。

韓愈自己的歌只有三句：

一年明月今宵多，人生由命非由他，有酒不飲奈明何！

他說認命算了，還是喝酒賞月罷。這種達觀其實只是苦情的偽裝而已。前一段「歌」雖然辭苦聲酸，倒是貨真價實，並無過分之處。由那「聲酸」知道吟詩的確有一種悲涼的聲調，而所謂「歌」其實只是諷詠。大概漢朝以來不像春秋時代一樣，士大夫已經不會唱歌，他們大多數是書生出身，就用諷詠或吟誦來代替唱歌。他們——尤其是失意的書生——的苦情就發泄在這種吟誦或朗誦裏。

戰國以來，唱歌似乎就以悲哀為主，這反映着動亂的時代。《列子・湯問》篇記秦青「撫節悲歌，聲振林木，響遏行雲」，又引秦青的話，說韓娥在齊國雍門地方「曼聲哀哭，一里老幼悲愁垂涕相對，三日不食」，後來又「曼聲長歌，一里老幼，善躍抃舞，弗能自禁」。這裏說韓娥雖然能唱悲哀的歌，也能唱快樂的歌，但是和秦青自己獨擅悲歌的故事合看，就知道還是悲歌為主。再加上齊國杞梁的妻子哭倒了城的故事，就是現在還在流行的孟姜女哭倒長城的故事，悲歌更為動人，是顯然的。書生吟誦，聲酸辭苦，正和悲歌一脈相傳。但是聲酸必須辭苦，辭苦又必須情苦；若是並無苦情，只有苦辭，甚至連苦辭也沒有，只有那供人酸鼻的聲調，那就過了分，不但不能動人，反要遭人嘲弄了。書生往往自命不凡，得意的自然有，卻只是少數，失意的可太多了。所以總是嘆老嗟卑，長歌當哭，哭喪着臉一副可憐相。朱子在《楚辭辯證》裏說漢人那些模仿的作品「詩意平緩，意不深切，如無所疾痛而強為呻吟者」。「無所疾痛而強為呻吟」就是所謂「無病呻吟」。後來的嘆老嗟卑也正是無病呻吟。有病呻吟是緊張的，可以得人同情，甚至叫人酸鼻；無病呻吟，病是裝的，假的，呻吟也是裝的，假的，假裝可以酸鼻的呻吟，酸而不苦像是丑角扮戲，自然只能逗人笑了。

蘇東坡有《贈詩僧道通》的詩：

> 雄豪而妙苦而腴，只有琴聰與蜜殊。
> 語帶煙霞從古少，氣含蔬筍到公無。……

查慎行注引葉夢得《石林詩話》說：

> 近世僧學詩者極多，皆無超然自得之趣，往往掇拾摹仿士大夫所殘棄，又自作一種體，格律尤俗，謂之「酸餡氣」。子瞻……嘗語人云，「頗解『蔬筍』語否？為無『酸餡氣』也。」聞者無不失笑。

東坡說道通的詩沒有「蔬筍」氣，也就沒有「酸餡氣」，和尚修苦行，吃素，沒有油水，可能比書生更「寒」更「瘦」；一味反映這種生活的詩，好像酸了的菜饅頭的餡兒，乾酸，吃不得，聞也聞不得，東坡好像是說，苦不妨苦，只要「苦而腴」，有點兒油水，就不至於那麼撲鼻酸了。這酸氣的「酸」還是從「聲酸」來的。而所謂「書生氣味酸」該就是指的這種「酸餡氣」。和尚雖苦，出家人原可「超然自得」，卻要學吟詩，就染上書生的酸氣了。書生失意的固然多，可是嘆老嗟卑的未必真的窮苦到他們嗟嘆的那地步；倒是「常得無事」，就是「有閒」，有閒就無聊，無聊就作成他們的「無病呻吟」了。宋初西崑體的領袖楊億譏笑杜甫是「村夫子」，大概就是嫌他嘆老嗟卑的太多。但是杜甫「竊比稷與契」，嗟嘆的其實是天下之大，決不止於自己的雞蟲得失。楊億是個得意的人，未免忘其所以，才說出這樣不公道的話。可是像陳師道的詩，嘆老嗟卑，吟來吟去，只關一己，的確叫人膩味。這就落了套子，落了套子就不免有些「無病呻吟」，也就是有些「酸」了。

道學的興起表示書生的地位加高，責任加重，他們更其自命不凡了，自嗟自嘆也更多了。就是眼光如豆的真正的「村夫子」或「三家村學究」，也要哼哼唧唧的在人面前賣弄那背得的幾句死書，來嗟嘆一切，好搭起自己的讀書人的空架子。魯迅先生筆下的「孔乙己」，似乎是個更破落的讀書人，然而「他對人說話，總是滿口之乎者也，教人半懂不懂的」。人家說他偷書，他卻爭辯着，「竊書不能算偷……竊書！ ……讀書人的事，能算偷麼？」「接連便是難懂的話，什麼『君子固窮』，什麼『者乎』之類，引得眾人都哄笑起來」。孩子們看着他的茴香豆的碟子。

> 孔乙己着了慌，伸開五指將碟子罩住，彎下腰去説道，「不多了，我已經不多了。」直起身又看一看豆，自己搖頭説，「不多不多！『多乎哉？不多也。』」於是這一群孩子都在笑聲裏走散了。

破落到這個地步，卻還只能「滿口之乎者也」，和現實的人民隔得老遠的，「酸」到這地步真是可笑又可憐了。「書生本色」雖然有時是可敬的，然而他的酸氣總是可笑又可憐的。最足以表現這種酸氣的典型，似乎是戲台上的文小生，尤其是崑曲裏的文小生，那哼哼唧唧、扭扭捏捏、搖搖擺擺的調調兒，真夠「酸」的！這種典型自然不免誇張些，可是許差不離兒罷。

向來說「寒酸」、「窮酸」，似乎酸氣老聚在失意的書生身上。得意之後，見多識廣，加上「一行作吏，此事便廢」，那時就會不再執着在書上，至少不至於過分的執着在書上，那「酸氣味」是可以多多少少「洗」掉的。而失意的書生也並非都有酸氣。他們可以看得開些，所謂達觀，但是達觀也不易，往往只是偽裝。他們可以看遠大些，「梗概而多氣」是雄風豪氣，不是酸氣。至於近代的知識分子，讓時代逼得不能讀死書或死讀書，因此也就不再執着那些古書。文言漸漸改了白話，吟誦用不上了；代替吟誦的是又分又合的朗誦和唱歌。最重要的是他們看清楚了自己，自己是在人民之中，不能再自命不凡了。他們雖然還有些閒，可是要「常得無事」卻也不易。他們漸漸丟了那空架子，腳踏實地向前走去。早些時還不免帶着感傷的氣氛，自愛自憐，一把眼淚一把鼻涕的；這也算是酸氣，雖然唸誦的不是古書而是洋書。可是這幾年時代逼得更緊了，大家只得抹乾了鼻涕眼淚走上前去。這才真是「洗盡書生氣味酸」了。

（選自《朱自清文集》三卷，南京：江蘇教育出版社，1988 年）

藏書印

唐弢

收藏書籍，加鈐印記，通常多用私章，講究一點的就另鐫專印，比如「某某藏書」、「某某珍藏」之類。這種風氣的流行由來已久，相傳宋朝宣和時的鑒賞印，除書畫碑帖以外，已經通用於圖書專集，可以説是藏書印的先聲。至於加蓋私章，當然要更早於此了。這種辦法，旨在標明所有，本來是私有制社會的產物，卻也給後人留下一點溯宗考源的線索。其於愛好書籍的人，看來還有一點別的意義：有時買了一本心愛的書，晴窗展讀，覺得紙白如玉，墨潤如脂，不由你不摸出印章，在第一面右下角鈐上一方朱紅的印記，替這本書增些色澤，也替自己的心頭添些喜悦。倘能寫幾句題記，那就更有意思。我們有時買進一本舊書，看到書裏有讀後感，有印記，而且出於名家舊藏，往往會認為是意外的收穫。有一個時期，同樣一部書，只要有黃蕘圃的印，黃蕘圃的跋，立刻身價百倍，那就簡直是書以印貴，書以跋貴了。藏書印發展下來，漸衍漸繁。有人為怕子孫不能謹守先澤，便把箴規的意思鐫入印章。葉德輝《書林清話》記明朝施大經有一方藏書章，鐫著「施氏獲閣藏書，古人以借鬻為不孝，手澤猶存，子孫其永寶之」幾個字。錢叔寶的藏書印竟是一首詩，七字四句，道是：

百計尋書志亦迂，愛護不異隋侯珠。有假不返遭神誅，子孫鬻之真其愚。

這種措詞不但今天看來十分無聊，即在當時，鈐在書上，其實也是大煞風景的事。錢叔寶還有另外兩個藏書印，一個叫做「十友齋」，一個叫做「中吳錢氏收藏」，倒沒有這種悻悻然的口氣。還有一種辦法是不記姓名，只以閒章代替。偶見近人藏書印，借《蘭亭序》「暫得於己」四字，用古天衣無縫，而襟懷豁達，殊足稱道。

新文人中，阿英藏書極富，大都只蓋一方小型私章，朱文闊邊，篆「阿英」兩字。鄭振鐸對洋裝書籍，往往只在封面上簽個名，線裝的才加鈐「長樂鄭氏藏書之印」；後來魏建功替他另外鐫了兩個，一方形，文曰「長樂鄭振鐸西諦藏書」，一長方形，文曰「長樂鄭氏藏書」。都是朱文寫經體，後一個每字加框，純然古風。北方學者，各有專章，劉半農常鈐一大「劉」字。馬隅卿則用「鄞馬氏廉隅卿珍愛書」。大都廢棄篆字，行草雜出，各以其體，倒亦雋永可喜。有的人用泥也極講究，曾見一種日本印泥，作金黃色，鈐諸舊紙，十分悅目。其他私家藏書，既不易見，因此也就無法知道他們的印章究竟是什麼樣子了。以前趙之謙為人作印，有「節子辛酉以後所得書」一方，於記名之外，兼以記年，好比書畫家用「某人某歲以後所作」的印章一樣，對考查上，頗為方便。金石家中，張樾丞所鐫藏書印風格渾厚，我覺得他的「會稽周氏鳳凰磚齋藏」一印刻得極好。作家如聞一多、葉聖陶等均精鐵筆。聖陶曾為常絜作印，曰「吳興常絜藏書」，長方白文，剛勁有力。我買書垂三十年，於此道略不講究。抗日戰爭勝利後，偶然興起，自己鐫了一方，有時也鈐在書上。雖然少年好弄，二十歲以前學過金石，但畢竟只是惡札，倘論功力，那就不在話下了。

（選自《晦庵書話》，北京：三聯書店，1980 年）

藏書票

唐弢

就像中國的藏書印一樣，西洋藏書家又別有一種玩意兒，這就是藏書票。藏書票的式樣很多，方、圓、三角、橢圓的都有。最普通的是長方形，闊約二吋，高約三吋，有單色，有多色，圖案變化，各具巧思，而以書、人體、動物和文學故事為最多。有時也畫上藏者的門閥、身份和好癖。大抵線裝書紙質柔潤，便於鈐印，洋紙厚硬，也就以加貼藏書票為宜。

歐美藏書票的發現，以德國為最早。就現在所有的資料看來，第一張藏書票的製成遠在一四八〇年以前，畫一天使手捧盾牌，牌上圖騰似牛非牛。這是在一位名叫勃蘭登堡（H. Brandenburg）的藏書上發現的。德國的藏書票帶着濃重的裝飾風格，構圖謹嚴，風靡一時。意法等國流行羅哥哥（Rococo）式的藏書票，花紋華麗，和十七世紀的建築物相似，後來風格漸變，只有人體圖案仍極常見，間有以鋼筆成畫者，和傳統的方式不同。不過流風未歇，所受德國舊時藏書票的影響還很顯著。

北歐諸國對藏書票亦極講究，推其根源，大都出自德法兩國。英國素崇保守，圖案單純，缺乏變化。美國後起，到現在藏書票雖極普遍，但在形式上仍不能超越歐洲各國，有時以抽象派的畫縮印在藏書票上，衒異獵奇，似不足取。日本在模仿了一通歐洲形式以後，建立了自己的風格，這便是以浮世繪為底子的純粹東洋形式的畫面。

除了圖案以外，藏書票又大都題上藏者姓名，或接以 His Book，或冠以 From The Books of，最普通的是用 *Ex Libris*，這是拉丁文，意謂某人所藏書籍之一。到後來各國通用，儼然成為藏書票的替代詞或專用詞。

美國第一任大總統華盛頓的藏書票，畫着一隻雄鷙的老鷹，立在王冠之上，這和後來那些構圖淫亂的藏書票比起來，實在不可同日而語。德國作家托馬斯·曼的藏書票是一張黑白畫：春樹初芽，野花已放，人犬列坐，紙墨俱全，好像正在構思，則又完全是作家的本色。

我國文人積習相沿，用的大都是藏書印。只記得郁達夫、葉靈鳳兩位有藏書票，葉靈鳳且為藏書票收藏者之一。因為這也和郵票一樣，成為可以收藏的對象了。三十年代新的木刻畫興起以後，藏書票之作，屢見不鮮。不過大都着重於圖案的試作，並非真為藏書而刻。內容方面，志在保持東方趣味，如劉憲、陳仲綱自作的藏書票，都採漢代石刻上的圖案。陳仲綱更以古文篆「仲綱藏書」四字相配，完全中國作風，倒也別開生面。

（選自《晦庵書話》，北京：三聯書店，1980 年）

書和回憶

黃永玉

我從小不是個喜歡讀書的孩子。幸好當時的先生頗為開通，硬灌了一些四書五經和其他文學歷史基礎之外，還經常帶我們到郊外檢驗自然界和書本記載間的距離，提高了興趣。

自然，我們那兒的老人和孩子對一切事物都有好奇的興趣，性格既幽默且開朗，行為標準認真而對人卻極寬容大度，使我們這些在外面混生活的人先天得到一些方便。

一上中學就碰到歷時八年的抗日戰爭。幼小的年齡加上遠離故鄉形成的孤淒性格，使我很快地離開了正式的學校。以後的年月只能在物質和精神生活兩方面自己照顧自己。

如果說我一生有什麼收穫和心得的話，那麼，一，碰到許許多多的好人；二，在顛沛的生活中一直靠書本支持信念。

魯迅先生的一句話給了我不少啟發，「多讀外國書少讀中國書」。他的意義我那時即使年輕也還是懂得的。他的修養本身就證明不會教人完全不理會中國書本。他曾經說過，「少讀中國書不過不能為文而已。」何況中國書中除了為文的用處之外，還有影響人做壞事、落後的方面與教人通情達理做好事、培養智慧的方面。我還是讀了不少翻譯家們介紹過來的外國書。

和一個人要搞一點體育活動一樣，打打球，游游泳，跳跳舞，能使人的行為有節奏的美感，讀書能使人的思想有節奏感，有靈活性，不那麼乾巴巴，使盡了力氣還拐不過彎來。讀一點書，思考一點什麼問題時不那麼費力，而且還覺得妙趣橫生。

我很佩服一些天分很高的讀書人。二十年前的一個禮拜天，我到朋友家去做客，一進門，兩口子各端一本書正在埋頭精讀，兩個孩子一男一女也各端一本書在埋頭精讀。屋子裏空蕩蕩，既無書架，也無字畫；白粉牆連着白粉牆。書，是圖書館借來的，看完就還，還了再借。不記筆記，完全儲存腦中。真令人驚奇，他們兩口子寫這麼多的書完全是這種簡樸方式習慣的成果。

一次和他倆夫婦在一家飯館吃飯，他知道我愛打獵，便用菜單背面開了幾十本提到打獵的舊書目，標明卷數和大約頁數。

我不行，記性和他們差得太遠；尤其是枯燥的書籍，賭咒、發誓、下決心，什麼都用過，結局總跟唐吉訶德開始讀那篇難懂的文章一樣，糾纏而紛擾，如墮五里霧中。

我知道這方面沒出息，因此讀書的風格自然不高。

我喜歡讀雜書，遇到沒聽過、沒見過的東西便特別高興，也不怎麼特別專心把它記下來，只是知道它在哪本書裏就行。等到有朝一日真正用得着的時候，再取出來精讀或派點用場。

我不習慣背誦，但有的句子卻總是牢牢地跟着我走，用不着害怕跑掉的。比如說昆明大觀樓的那對長聯，尤其是那幾句「漢習樓船，唐標鐵柱，宋揮玉斧，元跨革囊……」，「東驤神駿，西翥靈儀，南翔縞素，北走蜿蜒」；還有什麼李清照的「被翻紅浪……」，柳永描寫霓虹的句子……讀得高興，便在書楣上寫出自己的聯想和看法，明知道這是很學究氣的東西，沒想到「文化大革命」時很為它吃了些苦頭。

我有許多值得驕傲的朋友，當人們誇獎他們的時候，我也沾了點愉快的光。

遇在一起，大部分時間談近來讀到的好文章和書，或就這個角度詼諧地論起人來。聽別人說某個朋友小氣，書也不肯借人等等；在我幾十年的親近，卻反而覺得這朋友特別大方，肯借書給我。大概是我借人的書終究會還，而他覺得這朋友要人還書就是小氣了罷！

還有個喜歡書、酒和聊天的朋友，他曾告訴我一個夢，說在夢中有人逼他還書，走投無路時他只好說：

「……那麼，這樣罷！我下次夢裏一定還你。」

多少年來，我一直欣賞張岱在他失傳了的《夜航船集》中幸存下來的序裏的一段故事。說一艘夜航船載着一些鄉人，其中有位年輕秀才，自以為有學問所以多佔了一點地盤。一個老和尚從岸上擠了進來，只好跟那些膽怯的鄉人縮在一道。老和尚問年輕秀才：

「請教，澹臺滅明是一個人還是兩個人？」

「不看是四個字嗎？當然是兩個人！」年輕秀才回答。

「那麼，」老和尚又問：「孔孟是一個人還是兩個人？」

「不見是兩個字麼？怎麼會是兩個人？當然是一個人！」秀才回答。

這時老和尚自言自語地說：「哎喲！這下子我可以鬆鬆腿了！」他把蜷縮的雙腳大膽地伸開到年輕秀才那邊去了。

這是個很好的教訓。從年輕時代起，我就害怕有一對老和尚的腳伸到我這邊來。我總是處處小心。如今我也老了，卻總是提不起膽量去請教坐在對面的年輕秀才有關一個人或兩個人的學術問題。

在魯迅先生雜文集裏，我很欣賞魯迅先生與當時是青年作家的施蟄存先生之間的一場小小論戰。大概是有關於「青年必讀書」提到的莊子與文選的問題而引起的吧！

魯迅先生就是在那篇雜文中說起多讀外國書少讀中國書的論點的。

施蟄存先生說，既然某某雜誌徵求的是如何做文章的問題，魯迅先生說「少讀中國書不過不能為文而已」，「可見，要為文終究還是要讀中國書」。(大意)

我很佩服施蟄存先生當年敢碰碰文壇巨星的膽略和他明晰的邏輯性。

又是年輕的施蟄存先生，他抓住了魯迅先生引用《顏氏家訓》中叫兒子學外文好去服侍公卿的話是顏之推自己的意思時，魯迅先生承認手邊沒現成的書而引用錯了。

我也很佩服魯迅先生治學的求實態度。因為他強大，所以放射着誠實的光芒。

十年浩劫，「四人幫」絞盡腦汁想把知識分子斬盡殺絕，但知識分子大部分活過來了。那時候，孩子們到處搜尋書本，斷頁殘篇也視如珍寶，讀起書來吮吸有聲，簡直是悲壯之極。使我想到秦始皇這傢伙畢竟是個蠢蛋！

知識，怎麼格殺得了呢？

知識，原本就是發展着的生活的紀錄。全人類的文化怎麼格殺得了呢？

歷史上著名的壞蛋，往往埋在自己挖的坑裏，生活準則因此比語言準則更具有歷史和心理學價值。

一九八一年三月

（選自《讀書》，1981 年第 6 期）

讀書諸相

許國璋

《讀書諸相》，一九七一年初版於美國，一九八二年列入企鵝叢書，匈牙利人 André Kertész 所攝。K，一八九四年生，十六歲學照相（一說十八歲），沒有拜名師，也不了解什麼是歐洲的攝影傳統，只憑自己智慧，拍下天生情趣。一九二五年移居巴黎，與文人畫家交朋友，飲談於咖啡館，為之留影。一九二七年（一說一九二八年）首辦個人影展，名聲遂立，作品常見於巴黎流行雜誌 *Vu*。一九三六年去美國，美國人沒有像歐洲人那樣看重他的作品。不久，二次大戰爆發，他拍的小人物小角落不合時尚，只好靠拍時裝照片過日子。大戰結束，美國人的藝術趣味有改變，K 的作品終算獲得了早應屬他的重視，而以一九六四年紐約現代藝術陳列館的個展為高峰。《讀書諸相》，英文原名 *On Reading*，全書照片約六十幅，摒除文字說明，書末有總表，依次記述攝於何年何地。書名原義似可譯「關於讀書的照相」，嫌「關於」太泛，遂譯「諸相」。諸相之中，有猶太老人、有醫院病婦、有主教、有大學生、有巨富、有頑童、有兒童演員；其景：屋頂、陽台、草地、樹根、破垣、書攤、菜市、藏經秘室、萬冊書樓，都有；其態：正坐、側坐、躺臥而讀、走着讀、從廢紙中撿讀、浴於日光中讀，都有。因此，「諸相」雖不像 *On* 之虛指，但與書的實意相合，也許是可以允許的。書中屋頂讀書的照片最多，多攝於紐約格陵屋奇村

(Greenwich Village)。格村在一九七〇年代之前，曾經是窮書生和不交運而自甘寂寞的藝術家樂居之地，街窄，樓小，室內光線不利讀書，住客只好登屋頂找得一角，在陽光下背陽而讀（向陽則戴墨鏡）。屋頂諸幅，主角都是青年女性。一倚牆；一坐鋼管椅，有小凳，上置畫板，雙腳斜架，侷促中自有閒適；一僅見頭部一側，捲髮，裸肩，即上述浴於日光中讀書之一幀；又一鋪薄毯於不到兩平方米之地，半躺而讀；她的處境頗具特點：一尺之外有通風鐵管，管口彎道近她的左側，五尺之外有天窗兩扇，稍遠有磚砌煙囪二，鐵煙筒五，這些各據一方的實體，下面想來都是人家；此相最前景有一高出屋面約兩米的小室，窗前搭一小陽台，1 x 1.5 米，種着花草藤蘿，是鐵、磚、水泥的平面上唯一的色彩。格村的房租，大概這些知識分子還付得起，擁擠、簡陋、昏暗也是當然。為了享受一點陽光，也各有妙法。K 也許是他們中的一員，不然何以能攀登屋頂，拍到人家未必願拍的？不過也很難設想偷拍，那是犯法的。看來，在精心安排之下而不顯痕跡（裝姿作態正是在我們的美女像上常見的），才是藝術。還有一幅：不在屋頂，看書人臨着自製的簡易陽台，坐在窗框上（陽台經不起），僅見一側，肩、腿、小衣、膝上有書；頭，僅見盛髮：她也在吸取知識和紫外線。書中還有華盛頓廣場數幅，廣場也在格村，附近有大學，學生草地坐讀，沒有什麼特別的。

此外，我最欣賞的還有五幅。（一）一九一五年攝於匈牙利某小鎮。三頑童共讀一本硬面但已破舊的大八開，天氣像是似暖還冷的早春。左童新帽，外衣也厚實，腳上靴子也不舊。右童帽褲破爛，光腳。中童帽尚好，但右褲腿膝蓋全露，雙腳踩地，腳趾分得很開，三童之中，他是主讀。他的腳如此使勁，也許是由於入神？

還是兩側擠近而用力保持他主讀的地位？還是因為地氣寒，緊其筋骨以為抵禦？K 攝此景在一九一五年，歐戰已是一年，他是年二十一歲。應召入伍之兵，何以有此閒功夫，找到這個頑童共讀的鏡頭？又何以恰好有三個孩子，當父兄遠征而在破牆之下看起書來？不過，可能正是因此才能這樣自由自在。(二) 在劇院後台，三個小姑娘，兩個頭飾花環，一個天使裝扮，在對腳本，默誦，靜靜地唸、記，浸沉在角色中。在演什麼劇，猜不透。猜它是希臘遺文，那也是大實話。(三) 威尼斯的供渡來 (Gondola) 靠着小巷的岸邊，渡手躲在拱洞的方柱影下在讀什麼。他的供渡來漆得鋥亮，船頭的龍尖裝飾勻稱有致，比起鄰近的一條漂亮多了。這，加上他的神態，看得出他是個有心的青年。他在認真地讀——不，說不定在做什麼演算。(四) 這一張，和 (三) 一樣，都是《讀書》選登過的。一個頭髮花白六十來歲的老頭子，在舊書攤隨手翻閱。老闆在紙板上寫着:「五千冊書，對折出售。」又一寫:「每本二角五分，一元五本。」老人戴眼鏡，視力仍嫌不足，一手持放大鏡，一手捧書，陽光正好，鏡距合度，他看得出神，捧書的手夾着的紙袋快要落下來了。書面向陰，細察，書名是《同志之誼》(*Comradeship*)。這也不足怪，於我為常識，人或視為新奇。老人顯然已翻過的四本五本，都撂下了，獨對此冊注目，這是他的選擇？還是我的臆測？(五) 那是在馬尼拉，第三世界之一角，人會以為未必是讀書鏡頭的富礦。可是，這裏也有。菜場的早市。擠滿早已失掉線條的主婦們。塑料袋已經或等着裝滿。滿地碎紙殘片。一位女工在搞清潔。廢紙箱前蹲着一個女孩子，超不過十一二歲，在低頭細讀一張不成形的紙片。勤勞的衛生家喊她不走，怒容已顯，幾乎要掃把加身了。帶長辮子的傻孩子頭也不搖：髒亂散雜之中有文字，有魔力，叫她不聽，不讓，不釋手！可愛的孩子，可愛的 K！這幅照僅佔半頁，半頁空着，K 對它顯然特別喜愛，攝於馬尼拉，一九六八年六月十五日，書的最後一頁注着。片中拍下的主婦，數一下也有十二三人，她們各有採購的目標，眼光與步姿各異，對於清潔和求知的小矛盾不曾注意到，那是不消說的。

有一篇古文叫《畫記》，用這位作者的筆法，可以一二句話把諸相勾劃出來供讀者鑒賞，諸如：不寫書不得生存之青年雙目注書，兩老相遇慢慢談書，家有萬冊的收藏家登梯取書，久臥病床的老婦危坐持書，密室讀經的僧侶直立觀書，但是不說這些了。只有一幅：很高很亮的窗，薄薄的紗簾，一張打橋牌的小桌，桌面花影樹影，窗外薄蔭，和風，杏花，菖葉，一本書開着，但讀書之人早已坐不住，棄書而奔自然去了。K 書的頁碼極度簡化，畫碼即是頁碼，頁碼從六開始，所攝也從六開始，不列一到五。五十二頁印着意境相同的兩幅，右下已無空白印頁碼，即不印。K 是一個把藝術的完整看得比書商的陳規遠為重要的人。（問：世間有多少書商陳規？）K 的照片下面沒有標題，他決不寫「圖示什麼什麼」一類說明，因為既有圖示，何必文字？然則我這篇文字，豈非多餘？有朋友這樣對我說：你所寫的，並不是 K 的原作，而是存在於你的意識中的讀書諸相，你無相可呈，也只好形諸文字。不過，這是他的話。

一九八四年四月

（選自《讀書》，1984 年第 7 期）

舊書舖

茅盾

來重慶的人，常常被街道的新舊名稱弄得頭痛。當然新名稱有它方便的地方，可是你僱人力車時如果只説一個「中正路」，那恐怕你就不大受歡迎。因為中正路並不短，車夫們懶得多費口舌問明你究竟要到中正路的哪一段，舊名稱卻比較的富於精確性了。然而一位不知道重慶街道舊名稱的「特點」的新客也往往有點小煩惱；譬如説，他會站在「小梁子」的口上問人：「小梁子在何處？」因為重慶街道的舊名稱往往是在一直線上分段而題名的，和別處的一條街只有一個名稱不同。

從這些街道的舊名稱看來，可知舊時重慶各街也頗「專業化」。例如「雞街」、「騾馬市」、「打鐵街」之類。單看名目便可想像從前這些街的特殊個性了。我不知道舊時重慶有沒有一條舊書舖集中的街道，但照今日重慶還保存着舊日面目那一小段連衡對宇的舊書舖集團看來，這或者也就是從前的舊書街了。不過這段街的舊名稱卻叫做「米亭子」。

這裏的舊書舖集團，共計不過六七單位（連攤子也在內），説多呢實在不多，可是説它少麼，似乎今日重慶市內也還找不出第二處有這樣多的單位集中起來的舊書市場。當然不是説這裏的舊書最多，比這裏各單位所有舊書的總數還要多些的大舊書舖，我想重慶市內也不是絕對沒有，可是單位之多而又集中，儼然成為小小一段的「舊書街」，則恐怕除此以外是沒有的。

至於塊然獨處的大大小小的舊書舖，——或文具而兼舊書之舖，則在今日重慶市內外，幾乎是到處可見的了，可是也得説明：無論是「米亭子」或其他單獨的舊書舖，舊書誠然是舊書，可不能用抗戰前我們心目中的所謂「舊書」來比擬，今天的舊書，只是「舊」書而已。戰前一折八扣的翻版書，今天也在那些舊書舖內，儼然珍如宋槧元刊；一九三〇年香港或上海印的報紙本小説，（其實也有土紙本在發售）也成為罕見之珍品。合於往日所謂「舊書」的標準的舊書，自然也不是沒有；只是太少了，説不上比例。差可説是約佔百分之一二的，是木板的線裝書，（這比一折八扣的版本自然可以説是「舊」些了罷，）然而這又是醫卜星相之類佔多數，我曾在兩處看見兩部木板線裝的，——一是《曾文正日記》，一是《詩韻合璧》，——那書舖老闆視為奇貨可居，因為這兩種是在醫卜星相之外的。

但是千萬請莫誤會，今日重慶的這些舊書舖對於讀書人是沒有貢獻的，比方説，從淪陷區來的一位青年，進了這裏的某大學，他來時身無長物，現在至少幾本工具書非買不可了，那他就可以到那些舊書舖去看看，只要不怕貴，他買得到一部十年前出版的《綜合英漢大辭典》，——這是現在此地可能買到的最好的英文字典。又比方説，一位寫作者如果打算隨便「搜羅」一點舊材料，破費這麼幾天工夫，上城下城，上坡下坡，出一身臭汗，總也可以略有所獲，十年前的舊雜誌有時竟能淘到若干，但自然，怕貴是不行的。

當真不是誇大其詞，這些舊書舖有時真有些「珍貴」的書本。原版的外國文書籍，極專門而高深的，也會丟在報紙本的一折八扣書之間，有一位朋友甚至還找到了一冊有英文注釋的希臘古典名著，因此竟引起他學習希臘文的興趣。不過這是可遇而不可求罷了。有些英文或法文的原版叢書，雖只零落數冊，而亦非難得之書，可是扉頁上圖記宛在，説明這是戰前某某大學或某某學術機關的故物。這樣的書，如何顛沛流徙了數千里，又如何落在舊書舖中，想像起來真不能叫人不生感慨；這樣的書，放在家裏雖不重視，但在別一意義上，可實在算得是具有「藏珍」資格的「舊書」了罷？可喜而又可怪者，是這樣的書，近來愈見其多，常常可以遇到了。這一件小事，如果推想開去，卻又叫人覺得可憂而又可悲。

最後，我們來談一談舊書的價錢。

先述一二近事，桂柳淪陷之時，有人流亡到貴陽，旅費不繼，賣掉一部丙種《辭源》，得價一萬元，——這還是急等錢用賤賣了的，獨山克服以後，有人在重慶買得一部報紙本的《魯迅全集》，出價二萬五——這也是沾了時局的光的。看了這兩件「買賣」，舊書的時價，略可概見，一句話，舊書時價雖然趕不上米布，更趕不上高級化妝品，可也夠驚人了；今日重慶一家小小舊書舖，論其貨價，誰敢説它沒有幾百萬；倘以舊時幣值計，直堪坐擁百宋千元！但今天不過是白報紙本道林紙本的鉛印書而已。舊書價格之提高，似與供求關係無涉。舊書價是跟着糧價走的，這也有一個小小故事不可不記。有人在「米亭子」某舖看到了一部《綜合英漢大辭典》（袖珍本），索價二千六百元，買不起，隔了兩天再去看，卻已漲為三千元了。問何以多漲四百，則答曰：「這幾天糧價漲了呀！」書是精神食糧，書價跟着糧價走，似亦理所當然。

但是今日重慶的舊書舖老闆計算他的貨價尚有另一原則，此即依紙張（白報紙或道林紙）及書之頁數為伸縮，即使是極不相干的書，只要紙好，頁數多，則價必可觀，這簡直是在賣紙了！自有舊書舖以來，這真是歷史的新的一頁。對於這樣的「現實主義」，版本權威只能搖頭嘆息。所以今日重慶跑舊書舖的人，決不是當時在北平跑琉璃廠，在上海跑來青閣的人們了。

今天是一個「偉大」的「現實主義」的時代，今天重慶跑舊書舖的人，絕大多數是為了某一個小小的「現實」的目的，「發思古之幽情」者，恐怕百不得一二罷？舊時也還有坐在舊書舖裏看了半天書的人，今天也沒有了；今天如果有這樣的好學者，那不是在舊書舖中，而在「新書店」內了。

不過，舊書舖的內容雖然變了，但從「市上若無，則姑求之於舊書舖」這一點看來，今天重慶的舊書舖還是「舊書舖」，只是所有者是現實意義的「舊」書罷了。可以說舊書舖也染上了戰時的色調了，這也是「今日重慶」之一面。

（選自《茅盾全集》十二卷散文二集，北京：人民文學出版社，1986 年）

舊書店

葉靈鳳

每一個愛書的人，總有愛跑舊書店的習慣。因為在舊書店裏，你不僅可以買到早些時在新書店裏錯過了機會，或者因了價錢太貴不曾買的新書，而且更會有許多意外的發現；一冊你搜尋了好久的好書，一部你聞名已久的名著，一部你從不曾想到世間會有這樣一部書存在的僻書。

當然，有許多書是愈舊愈貴，然而那是 Rare Book，所謂孤本，是屬古書店，而不是舊書店的事。譬如美國便曾有過一家有名的千元書店，並不是說他資本只有一千元，乃是說正如商店裏的一元貨一樣，他店裏的書籍起碼價格是每冊一千元。這樣的書店，當然不是一般人所能踏進去的地方。

上海的舊西書店，以前時常可以便宜的價格買到好書，但是近年好像價格提高了，生意不好，好書也不多見了。外灘沙遜房子裏的一家，和愚園路的一家一樣，是近於所謂古書店，主人太識貨了，略為值得買的書，價錢總是標得使你見了不愉快。卡德路的民九社，以前還有些好書，可是近來價錢也貴得嚇人了，而且又因為只看書的外觀的原故，於是一冊裝訂略為精緻的普及版書，有時價錢竟標得比原價還貴。可愛的是北四川路的添福記，時常喝醉酒的老闆正和他店裏的書籍一樣，有時是垃圾堆，有時卻也能掘出寶藏。最使我不能忘記的，是在三年之前，他將一冊巴黎版的喬伊斯的《優力棲斯》，和一冊只合藏在枕函中的《香園》，看了是紙面毛邊，竟當作是普通書，用了使人不能相信的一塊四毛錢的賤價賣給了我。如果他那時知道《優力棲斯》的定價是美金十元，而且還從無買得，《香園》的定價更是一百法郎以上，他真要懊喪得爛醉三天了。不過，近來卻也漸漸的識貨了。

沿了北四川路，和城隍廟一樣，也有許多西書攤，然而多是學校課本和通俗小說，偶爾也有兩冊通行本的名著，卻不是足以使我駐足的地方。

對於愛書家，舊書店的巡禮，不僅可以使你在消費上獲得便宜，買到意外的好書，而且可以從飽經風霜的書頁中，體驗着人生，沉靜得正如在你自己的書齋中一樣。

（選自《讀書隨筆》一集，北京：三聯書店，1988 年）

賣書

郭沫若

我平生受苦了文學的糾纏，我想丢掉它也不知道有過多少次了。小的時候便喜歡讀《楚辭》、《莊子》、《史記》、《唐詩》，但在一九一三年出省的時候，我便全盤把它們丢了。一九一四年正月我初到日本來的時候，只帶着一部《文選》。這是一三年的年底在北京琉璃廠的舊書店裏買的。走的時候本來也想丢掉它，是我大哥勸我，沒有把它丢掉。但我在日本的起初一兩年，它被丢在我的箱裏，沒有取出來過。

在日本住久了，文學趣味不知不覺之間又抬起頭來。我在高等學校快要畢業的時候，又收集了不少的中外的文學書籍了。

那是一九一八年的初夏，我從岡山的第六高等學校畢了業，以後是要進醫科大學了。我決心要專精於醫學，文學書籍又不能不和它們斷緣了。

我下了決心，又先後把我貧弱的藏書送給了友人。當我要離開岡山的那一天，剩着《庾子山全集》和《陶淵明全集》兩書還在我的手裏。這兩部書我實在是不忍丢掉，但又不能不丢掉。這兩部書和科學精神實在是不相投合的。那時候我因為手裏沒有多少錢，便想把這兩位詩人拿去拍賣。我想起日本人是比較尊重漢籍的，這兩部書或者可以賣得一些錢。

那是晚上，天在下雨。我打起一把雨傘走上岡山市去。走到一家書店裏我去問了一聲。我說：「我有幾本中國書……」

話還沒有說完，坐店的一位年青的日本人，在懷裏操着兩隻手，粗暴地反問着我：「你有幾本中國書？怎麼樣」？

我說：「想讓給你。」

——「哼，」他從鼻孔裏哼了一聲，又把下顎向店外指了一下，「你去看看招牌罷，我不是買舊書的人！」說着把頭掉開了。

我碰了這樣一個大釘子，很失悔。這位書賈太不把人當錢了！我就偶爾把招牌認錯，也犯不着以這樣侮慢的態度來對待我！我抱着書仍舊回到寓所去。路從岡山圖書館經過的時候，我突然對於它生出了惜別意來。這兒是使我認識了斯賓諾沙、太戈爾、伽比兒、歌德、海涅、尼采諸人的地方。我的青年時代的一部分是埋葬在這兒的。我便想把我肘下挾着的兩部書寄付在這兒。我一下了決心，便把書抱進館去。那時因為下雨，館裏看書的一個人也沒有。我向一位館員交涉，說我願意寄付兩部書。館員說館長回家去了，叫我明天再來。我覺得這是再好也沒有的，便把書交給了館員，說明天再來，便各自走了。

啊，我平生沒有遇着過這樣快心的事。我把書寄付了之後，覺得心裏非常恬靜，非常輕鬆。雨傘上滴落着的雨聲都帶着音樂的諧調，赤足上蹴觸着的行潦也覺得爽膩。啊，那爽膩的感覺！我想就是耶穌腳上受着瑪格達倫用香油塗抹時的感覺，也不過這樣罷？——這樣的感覺，到現在好像也還留在腳上，但已經隔了六年了。

把書寄付後的第二天，我便離去了岡山。我在那天不消說沒有往圖書館去。六年來，我乘火車雖然前前後後地也經過岡山五六次，但都沒有機會下車。在岡山三年間的生活回憶時常在我腦中蘇活着；但恐怕永沒有重到那兒的希望了？

啊，那兒有我和芳塢同過學的學校，那兒有我和曉芙同住過的小屋，那兒有我時常去登臨的操山，那兒有我時常去划船的旭川，那兒有我每天清早上學、每晚放學必然通過的清麗的後樂園，那兒有過一位最後送我上火車的處女，這些都是使我永遠不能忘懷的地方。但我現在最初想到的是我那《庾子山集》和《陶淵明集》的兩部書呀！我那兩部書不知道是否安然寄放在圖書館裏？無名氏的寄付，未經館長的過目，不知道是否遭了登錄？看那樣書籍的人，我怕近代的日本人中少有罷？即使遭了登錄，想來也一定被置諸高閣，或者是被蠹魚蛀食了。啊，但是喲，我的庾子山！我的陶淵明！我的舊友們喲！你們不要埋怨我的拋撇！你們也不要埋怨知音的寥落！我雖然把你們拋撇了，但我到了現在也還在鏤心刻骨地思念着你們。你們即使不遇知音，但假如在圖書館中健在，也比落在貪婪的書賈手中經過一道銅臭的烙印的，總要幸福得多罷？

啊，我的庾子山！我的陶淵明！舊友們喲！現在已是夜深，也是正在下雨的時候，我寄居在這兒的山中，也和你們冷藏在圖書館裏的一樣。但我想起六年前和你們別離的那個幸福的晚上，我覺得我也算不曾虛度此生了。

你們的生命是比我長久的，我的骨化成灰、肉化成泥時，我的神魂是借着你們永在。

（選自《沫若文集》七卷，北京：人民文學出版社，1958 年）

買書

朱自清

買書也是我的嗜好，和抽煙一樣。但這兩件事我其實都不在行，尤其是買書。在北平這地方，像我那樣買，像我買的那些書，說出來真寒塵死人；不過本文所要說的既非訣竅，也算不得經驗，只是些小小的故事，想來也無妨的。

在家鄉中學時候，家裏每月給零用一元。大部分都報效了一家廣益書局，取回些雜誌及新書。那老闆姓張，有點兒抽肩膀，老是捧着水煙袋；可是人好，我們不覺得他有市儈氣。他肯給我們這班孩子記帳。每到節下，我總欠他一元多錢。他催得並不怎麼緊；向家裏商量商量，先還個一元也就成了。那時候最愛讀的一本《佛學易解》（賈豐臻著，中華書局印行）就是從張手裏買的。那時候不買舊書，因為家裏有。只有一回，不知哪兒撿來《文心雕龍》的名字，急着想看，便去舊書舖訪求：有一家拿出一部廣州套板的，要一元錢，買不起；後來另買到一部，書品也還好，紙墨差些，卻只花了小洋三角。這部書還在，兩三年前給換上了磁青紙的皮兒，卻顯得配不上。

到北平來上學入了哲學系，還是喜歡找佛學書看。那時候佛經流通處在西城卧佛寺街鷲峰寺。在街口下了車，一直走，快到城根兒了，才看見那個寺。那是個陰沉沉的秋天下午，街上只有我一個人。到寺裏買了《因明入正理論疏》、《百法明門論疏》、《翻譯名義集》等。這股傻勁兒回味起來頗有意思；正像那回從天壇出來，挨着城根，獨自個兒，探險似的穿過許多沒人走的鹼地去訪陶然亭一樣。在畢業的那年，到琉璃廠華洋書莊去，看見新版韋伯斯特大字典，定價才十四元。可是十四元並不容易找。想來想去，只好硬了心腸將結婚時候父親給做的一件紫毛（貓皮）水獺領大氅親手拿着，走到後門一家當舖裏去，説當十四元錢。櫃上人似乎沒有什麼留難就答應了。這件大氅是布面子，土式樣，領子小而毛雜——原是用了兩副「馬碲袖」拼湊起來的。父親給做這件衣服，可很費了點張羅。拿去當的時候，也躊躇了一下，卻終於捨不得那本字典。想着將來準贖出來就是了。想不到竟不能贖出來，這是直到現在翻那本字典時常引為遺憾的。

重來北平之後，有一年忽然想搜集一些杜詩。一家小書舖叫文雅堂的給找了不少，都不算貴；那夥計是個麻子，一臉笑，是舖子裏少掌櫃的。舖子靠他父親支持，並沒有什麼好書；去年他父親死了，他本人不大內行，讓夥計吃了，現在長遠不來了，也不知怎麼樣。説起杜詩，有一回，一家書舖送來高麗本《杜律分韻》，兩本書，索價三百元。書極不相干而索價如此之高，荒謬之至，況且書面上原購者明明寫着「以銀二兩得之」。第二天另一家送來一樣的書，只要二元錢，我立刻買下。北平的書價，離奇有如此者。

舊曆正月裏廠甸的書攤值得看；有些人天天巡禮去。我住的遠，每年只去一個下午——上午攤兒少。土地祠內外人山人海摩肩接踵地來往。也買過些零碎東西；其中有一本是《倫敦竹枝詞》，花了三毛錢。買來以後，恰好《論語》要稿子，便選抄了些寄去，加上一點説明，居然得着五元稿費。這是僅有的一次，買的書賺了錢。

在倫敦的時候，從寓所出來，走過近旁小街。有一家小書店門口擺着一架舊書。上前去徘徊了一下，看見一本《牛津書話選》(*The Book Lovers' Anthology*)，燙花布面，裝訂不馬虎，四百多面，本子也不小，準有七八成新，才一先令六便士，那時合中國一元三毛錢，比東安市場舊洋書還賤些。這選本節錄許多名家詩文，說到書的各方面的；性質有點像葉德輝氏《書林清話》，但不像《清話》有系統；他們旨趣原是兩樣的。因為買這本書，結識了那掌櫃的，他後來給我找了不少便宜的舊書。有一種書，他找不到舊的，便和我說，他們批購新書按七五扣，他願意少賺一扣，按九扣賣給我。我沒有要他這麼辦，但是很感謝他的好意。

（選自《水星》，1935 年第 1 卷第 4 期）

恨書

宗璞

寫下這個題目，自己覺得有幾分嚇人。書之可寶可愛，盡人皆知，何以會惹得我恨？有時甚至是恨恨不已，恨聲不絕，恨不得把它們都扔出去，剩下一間空蕩蕩的屋子。

顯而易見，最先的問題是地盤問題。老父今年九十歲了，少說也積了七十年書。雖然屢經各種洗禮，所藏還是可觀。原先集中擺放，一排一排，很有個小圖書館的模樣。後來人口擴張，下一代不願住不見陽光的小黑屋，見「圖書館」陽光明媚，便對書有些懷恨。「書都把人擠得沒地方了。」這意見母親在世時便有。聽說有位老學者一直讓書住正房，我這一代人可沒有那修養了，以為人為萬物之靈，書也是人寫的，人比書更應該得到陽光空氣，推窗得見的好景致。

後來便把書化整為零，分在各個房間。於是我的斗室也攤上幾架舊書，《列子》、《抱朴子》、《亢倉子》、《淮南子》、《燕丹子》……，它們遙遠又遙遠，神秘又無用。還有《皇清經解》，想起來便覺得腐氣衝上天。而我的文稿札記只好塞在這些書縫中，可憐地露出一點紙邊，幾乎要遺失在悠久的歷史的茫然裏。

其次惹得人恨的是書櫃。它們的年齡都已有半個世紀，有的古色古香，上面的大篆字至今沒有確解。這我倒並無惡感。糟糕的是許多書櫃沒有拉手，當初可能沒有這種「設備」(照説也不至於)，以致很難開關，關時要對準榫頭，關上後便再也開不開，每次都得起用改錐（那也得找半天）。可是有的櫃門卻太鬆，低頭屈身，找下面櫃中書時，上面的櫃門會忽然掉下，啪的一聲砸在頭上，真把人打得發昏章第十一。豈非關係人命的大事！怎不令人懷恨！有時晚飯後全家圍坐笑語融融之際，或夜深夢酣之時，忽然一聲巨響，使人心驚膽戰，以為是地震或某種爆炸，驚走或披衣起來查看，原來是櫃門掉了下來！

其實這些都不是解決不了的問題，只因我理家包括理書無方，才因循至此。可是因為書，我常覺惶惶然。這種惶惶然的感覺細想時可分為二。一是常感負疚，一是常覺遺憾。確是無法解決的。

鄧拓同志有句云：「閉戶遍讀家藏書。」謂是人生一樂。在家藏舊書中遇見一本想讀的書，真令人又驚又喜。但看來我今生是不能有遍讀之樂了。不要説讀，連理也做不到。一因沒有時間，忙裏偷閒時也有比書更重要的人和事需要照管料理。二是沒有精力，有時需要放下最重要的事坐着喘氣兒。三是因有過敏疾病，不能接觸久置積塵的書。於是大家推選外子為圖書館館長。這些年我們在這座房子裏搬來搬去，可憐他負書行的路約也在百里以上了。在每次搬動之餘，也處理一些沒有保存價值的東西。一次我從外面回來，見我們的圖書館長正在門前處理舊書。我稍一撥弄，竟發現兩本「叢書集成」中的花卉書。要知道叢書集成約四千本一套的啊！於是我在怒火上升又下降之後，覺得他也太辛苦，哪能一本本都仔細看過。又懷疑是否扔去了珍貴的書，又責怪自己無能，沒有擔負起應盡的責任。如此怨天尤人，到後來覺得罪魁禍首都是書！

書還使我常覺遺憾。在我們磕頭碰腦滿眼舊書的居所中，常常發現有想讀的或特別珍愛的書不見了。我曾遇一本英文的楊子，翻了一兩頁，竟很有詩意。想看，擱在一邊，也找不到了。又曾遇一本陸志韋關於唐詩的五篇英文演講，想看，擱在一邊，也找不到了。後來大圖書館中貼出這一書目，當然也不會特意去借。最令人痛惜的是四庫全書中蕭雲從離騷全圖的影印本，很大的本子，極講究的錦面，醒目的大字，想細細把玩，可是，又找不到了！也許只在此山中，雲深不知處？據圖書館長說已遍尋無着——總以為若是我自己找，可能會出現。但是總未能找，書也未出現。好遺憾啊！於是我想，還不如根本沒有這些書，也不用負疚，也沒有遺憾。

那該多麼輕鬆。對無能如我者來說，這可能是上策。但我畢竟神經正常，不能真把書全請出門，只好仍時時恨恨，湊和着過日子。

是曰恨書。

一九八五年十月十九日

（選自《丁香結》，天津：百花文藝出版社，1987 年）

《西諦書話》序

葉聖陶

能見到振鐸的遺作重新編集出版，在我自然是非常高興的事，他遇難已經二十三年了，其間又經過勢將毀滅文化的十年浩劫。可是讓我給《西諦書話》作序，其實並不適宜。對於舊書，我的知識實在太貧乏了，沒法把這部集子向讀者作個簡要的介紹，而一篇合格的序文至少得做到這一點才成。在老朋友中間，最後一位適宜作這篇序文的是調孚，可惜他在一個月前也謝世了！

振鐸喜歡舊書，幾乎成了癖好，用他習慣的話來説，「喜歡得弗得了」。二十年代中期，好些朋友都在上海商務印書館工作。振鐸那時剛領會喝紹興酒的滋味，「喜歡得弗得了」，下班之後常常拉朋友去四馬路的酒店喝酒，被拉的總少不了伯祥和我。四馬路中段是舊書舖集中的地方，振鐸經過書舖門口，兩條腿就不由自主地踅了進去。伯祥倒無所謂，也跟進去翻翻。我對舊書不感興趣，心裏就有些不高興：硬拉我來喝酒，卻把我撇在書舖門前。可是看他興沖沖地捧着舊書出來，連聲説又找到了什麼抄本什麼刻本，「非常之好」，「好得弗得了」，我受他那「弗得了」的高興的感染，也就跟着他高興起來。

喜歡逛舊書舖的朋友有好幾位，他們搜求的目標並不相同。伯祥不太講究版本，他找的是對研究文史有實用價值的書。振鐸講究版本，好像跟一般藏書家又不盡相同。他注重書版的款式和字體，尤其注重圖版——藏書家注重圖版的較少，振鐸是其中突出的一位。就書的類別而言，他的搜集注重戲曲和小說，凡是罕見的，不管印本抄本，殘的破的，他都當作寶貝。寶貝當然是可遇而不可求的，往往在書舖裏翻了一遍，結果一無所得。他稍稍有些生氣，喃喃地說：「可惡之極，一本書也沒有！」滿架滿櫃的書，在他看來都不成其為書。經朋友們說穿，他並不辯解，只是不好意思地一笑而已。他的性格總是像孩子那樣直率，像孩子那樣天真。

我跟振鐸相識之後，在一塊兒的日子多，較長的分別只有兩回。一回是大革命之後，為了避開蔣介石屠殺革命人民的凶焰，他去歐洲旅行。這部集子裏有他在巴黎的幾段日記，可以見到他怎樣孜孜不倦地搜尋流落在海外的古籍。一回是抗日戰爭時期，我去四川，他留在上海，八年間書信來往極少，只聽說他生活很困苦，還是在大批收買舊書。勝利後回到上海，我跟他又得常常見面，可是在那大變動的年月裏，許多事情夠大家忙的，哪還有剪燭西窗的閒情逸致。現在看了這部集子裏的《求書日錄》，才知道他為搶救文化遺產，阻止珍本外流，簡直拼上了性命。當時在內地的許多朋友都為他的安全擔心，甚至責怪他捨不得離開上海，哪知他在這個艱難的時期，站到自己認為應該站的崗位上，正在做這樣一樁默默無聞而意義極其重大的工作。

一九八一年六月九日

（選自《西諦書話》，北京：三聯書店，1983 年）

訪箋雜記

鄭振鐸

我搜求明代雕版畫已十餘年，初僅留意小說戲曲的插圖，後更推及於畫譜及他書之有插圖者。所得未及百種。前年冬，因偶然的機緣，一時獲得宋元及明初刊印的出相佛道經二百餘種。於是宋元以來的版畫史，粗可蹤跡。間亦以餘力，旁鶩清代木刻畫籍。然不甚重視之。像《萬壽盛典圖》、《避暑山莊圖》、《泛槎圖》、《百美新詠》一類的書，雖亦精工，然頗嫌其匠氣過重。至於流行的箋紙，則初未加以注意。為的是十年來久和毛筆絕緣。雖未嘗不欣賞十竹齋箋譜、蘿軒變古箋譜，卻視之無殊於諸畫譜。

約在六年前，偶於上海有正書局得詩箋數十幅，頗為之心動；想不到今日的刻工，尚能有那樣精麗細膩的成績。彷彿記得那時所得的箋畫，刻的是羅兩峰的小幅山水，和若干從十竹齋畫譜描摹下來的折枝花卉和蔬果。這些箋紙，終於捨不得用，都分贈給友人們當作案頭清供了。

二十年九月，我到北平教書，琉璃廠的書店斷不了我的足跡。有一天，偶過清秘閣，選購得箋紙若干種，頗高興。覺得比在上海所得的，刻工色彩都高明得多了。仍只是作為禮物送人。

引起我對於詩箋發生更大的興趣的是魯迅先生，我們對於木刻畫有同嗜。但魯迅先生所搜集的範圍卻比我廣泛得多了；他嘗斥資重印《士敏土》之圖數百部——後來這部書竟鼓動了中國現代木刻畫的創作的風氣。他很早的便在搜訪箋紙，而尤注意於北平所刻的。今年春天，我們在上海見到了，他以為北平的箋紙是值得搜訪而成為專書的。再過幾時這工作恐怕更不易進行。我答應一到北平，立刻便開始工作。預定只印五十部分贈友人們。

我回平後，便設法進行刷印箋譜的工作。第一着還是先到清秘閣。在這裏又購得好些箋樣。和他們談起刷印箋譜之事時，掌櫃的卻斬釘截鐵的回絕了，說是五十部絕對不能開印。他們有種種理由：板片太多，拼合不易，刷印時調色過難；印數少，板剛拼好，調色尚未順手，便已竣工，損失未免過甚。他們自己每次開印總是五千一萬的。

「那麼印一百部呢？」我道。

他們答道：「且等印的時候再商量罷。」

這場交涉雖是沒有什麼結果，但看他們口氣很鬆動，我想印一百部也許不成問題。正要再向別的南紙店進行，而熱河的戰事開始了，一擱置便是一年。

九月初，戰事告一段落，我又回到上海，與魯迅先生相見時，帶着說不出淒惋的感情，我們又提到印這箋譜的事。

「便印一百部，總不會沒人要的。」魯迅先生道。

「回去便進行。」我道。

工作便又開始進行，第一步自然是搜訪箋樣，清秘閣不必再去。由清秘閣向西走，路北第一家是淳菁閣。在那裏很驚奇的發見了許多清雋絕倫的詩箋，特別是陳師曾氏所作的，雖僅寥寥數筆，而筆觸卻是那樣的瀟灑不俗，轉以十竹齋、蘿軒諸箋為煩瑣，為做作。像這樣的一片園地，前人尚未之涉及呢。我捨不得放棄了一幅。吳待秋、金拱北諸氏所作和姚茫父氏的唐畫壁磚箋、西域古蹟箋等，也都使我喜歡。

過了五六天，又進城到琉璃廠，由淳菁閣再往西走，第一家是松華齋；松華齋對門在路南的是松古齋。由松華齋再往西，在路北的是懿文齋。再西便是廠西門，沒有別的南紙店了。

先進松華齋，在他們的箋樣簿裏，又見到陳師曾所作的八幅花果箋。說他們「清秀」是不夠的，「神采之筆」的話也有些空洞。只是讚賞，無心批判。陳半丁、齊白石二氏所作，其筆觸和色調，和師曾有些同流，唯較為繁縟燠煖。他們的大膽的塗抹，頗足以代表中國現代文人畫的傾向；自吳昌碩以下，無不是這樣的粗枝大葉的不屑屑於形似的。我很滿意的得到不少的收穫。

帶着未消逝的快慰，過街而到松石齋。古舊的門面，老店的規模，卻不料售的倒是洋式箋。所謂洋式箋，便是把中國紙染了礬水，可以用鋼筆寫；而箋上所繪的大都是迎親、抬轎、舞燈、拉車一類的本地風光；筆法粗劣，且慣喜以濃紅大綠塗抹的。其少數還保存着舊式的圖版畫。然以柔和的線條，温倩的色調，刷印在又澀又糙的礬水拖過的人造紙面上，卻格外的顯得不調和。那一片一塊的浮出的彩光，大損中國畫的秀麗的情緒。

懿文齋沒有什麼新式樣的畫箋，所有的都是光宣時所流行的李伯霖、劉錫玲、戴伯和、李毓如諸人之作；只是諧俗的應市的通用箋而已。故所畫不離吉祥、喜慶之景物，以至通俗的着色花鳥一類的東西。但我仍選購了不少。

第三次到琉璃廠已是九月底，這一次是由清秘閣向東走。偏東路北是榮寶齋，一家不失先正典型的最大的箋肆，仿古和新箋，他們都刻了不少。我在那裏見到林琴南的山水箋。齊白石的花果箋，吳待秋的梅花箋，以及齊、王諸人合作的壬申箋、癸酉箋等等，刻工較清秘閣為精。仿成親王的拱花箋，尤為諸肆所見這一類箋的白眉。

半個下午，便完全耗在榮寶齋，和他們談到印箋譜的事，他們也有難色，覺得連印一百部都不易動工；但仍是那麼游移其詞的回答道：「等到要印的時候再商量罷。」

從榮寶齋東行，過廠甸的十字路口，便是海王村；過海王村東行，路北有靜文齋，也是很大的一家箋肆。當我一天走進靜文齋的時候，已在午後，太陽光淡淡的射在罩了藍布套的桌上，我帶着怡悅的心情在翻箋樣簿。很高興的發見了齊白石的人物箋四幅，說是仿八大山人的，神情色調都臻上乘。吳待秋、湯定之等二十家合作的梅花箋，也富於繁頤的趣味。清道人、姚茫父、王夢白諸人的羅漢箋、古佛箋等，都還不壞，古色斑斕的彝器箋，也靜雅足備一格。

靜文齋的附近，路南有榮祿堂，規模似很大，卻已衰頹不堪，久已不印箋。亦有箋樣簿，卻零星散亂，塵土封之，似久已無人顧問及之。循樣以求，十不得一，即得之亦都暗敗變色，蓋擱置架上已不知若干年，紙都用舶來之薄而透明的一種，色彩偏重於深紅深綠，似意在迎合光宣時代市人們的口味。肆主人鬚髮皆白，年已七十餘，唯精神尚矍鑠，與談往事，娓娓可聽。但搜求將一小時，所得僅緩卿作的數箋。由榮祿更東行，近廠東門，路北有寶晉齋。此肆詩箋，都為光宣時代的舊型，佳者殊鮮，僅選得朱良材作的數箋。

出廠東門折而南，過一尺大街，即入楊梅竹斜街。東行百數步，路北有成興齋。此肆有冷香女士作的月令箋，又有清末為慈禧代筆的女畫家繆素筠作的花鳥箋；在光宣時代似為一當令的箋店。然箋樣都缺，月令箋僅存其七。再東行有彝寶齋，箋樣多陳列窗間，並樣簿而無之。選得王詔作的花鳥箋十餘幅，頗可觀，而亦零落不全。

以上數次的所得，都陸續的寄給魯迅先生，由他負最後選擇的責任。寄去的大約有五百數十種，由他選定的是三百三十餘幅，就是現在印出來的樣式。

這部北平箋譜所以有現在的樣式，全都是魯迅先生的力量——由他倡始，也由他結束了這事。

說起訪箋的經過來，也不是沒有失望與徒勞。我不單在廠甸一帶訪求。在別的地方也嘗隨時隨地的留意過，卻都不曾給我以滿足。好幾個大市場裏，都沒有什麼好的箋樣被發見。有一次，曾從東單牌樓走到東四牌樓，經隆福寺街東口而更往北走，推門而入的南紙店不下十家，大多數都只售洋紙筆墨和八行素箋。最高明的也只賣少數的拱花箋，卻是那麼的粗陋浮躁，竟不足以當一顧。

在廠甸也不是不曾遇見同樣狼狽的事。廠甸中段的十字街頭，路南有兩家規模不小的南紙店，一名崇文堂，在路東，有箋樣簿，多轉販自諸大肆者。一名中和豐，在路西，專售運動器具及紙墨，並持箋而無之。由崇文東行數十步，路南有豹文齋，專售故宮博物院出品，亦嘗翻刻黃癭瓢人物箋，然執以較清秘、榮寶所刻，則神情全非矣。

但北平地域甚廣，搜訪所未及者一定還有不少。即在琉璃廠，像倫池齋，因無箋樣簿遂失之交臂。他們所刻「思古人箋」，版已還之沈氏，故不可得；而其王雪濤花卉箋四幅，刻印俱精，色調亦柔和可愛。惜全書已成，不及加入。又北平諸文士利用之箋紙，每多設計奇詭，繪刻精麗的。唯訪求較為不易。補所未備，當俟異日。

選箋既定，第二步便交涉刷印，淳菁、松華、松石三家，一說便無問題。榮寶、寶晉、靜文諸家，初亦堅執百部不能動工之說，然終亦答應下來。獨清秘最為頑強，交涉了好多次，他們不是說百部太少不能印，便是說人工不夠沒有工夫印；再說下去便給你個不理睬；任你說得舌疲唇焦，他們只是給你個不理睬，頗想抽出他們的一部分不印，終於割捨不下溥心畬、江采諸家的二十餘幅作品。再三奉託了劉淑度女士和他們商量，方才肯答應印。而色調較繁的十餘幅蔬果箋，卻仍因無人擔任刷印而被剔出。蔬果箋刻印不精，去之亦未足惜。榮祿堂的箋紙，原只想印緩卿作的四幅，他們說年代已久，不知板片還在否，找得出來便可開印，只怕殘缺不全。但後來究竟算是找全了。

最後到彝寶齋，一位彷彿湖南口音的掌櫃的，一開口便說：「不能印，現在已經沒有印刷這種信箋的工人了，我們自己要幾千幾萬份的印，尚且不能，何況一百張。」我見他說得可笑，便取出些他家的定印單給他看，他無辭可對，只得說老實話：「成興齋和我們是聯號，你老到他們那裏看看罷，這些花鳥箋的板片他們那裏也有。」我立刻明白那是怎麼一回事，到成興齋一打聽，果然那板片已歸他們所有。

為了訪問畫家和刻工的姓氏，也費了很大的工夫。有少數的畫家，其姓氏是我所不知道的——我對於近代的畫壇是那樣的生疏。訪之箋肆亦多不知者；求之潤單間亦無之。打聽了好久，有的還是見到了他的畫幅，看到他的圖章方才知道。只有緩卿的一位，他的姓氏到現在還是一個謎。

刻工實為制箋的重要分子，其重要也許不下於畫家。因彩色詩箋，不僅要精刻，而且要就色彩的不同而分刻為若干板片；箋畫之有無精神，全靠分板之能否得當。畫家可以恣意的使用着顏料，刻工必須仔細的把那麼複雜的顏色，分析為四五個乃至一二十個單色板片。所以刻工之好壞，是主宰着制箋的命運的。在北平箋譜裏，實在不能不把畫家和刻工並列着。但為訪問刻工姓名，也頗遭白眼，他們都覺得這是可怪的事，至多只是敷衍的回答着。有的是經了再三的追問，四處的訪求，方才能夠確知的。有的因為年代已久，實在無法知道。目錄裏所注的刻工姓名，實在是不止三易稿而後定的。宋版書多附刊刻工姓名，明代中葉以後，刻圖之工尤自珍其所作，往往自署其名，若何鈐、王士珩、魏少峰、劉素明、黃應瑞、劉應祖、洪國良、項南洲、黃子立其尤著者。然其後則刻工漸被視為賤技，亦鮮有自標姓名者。當此木板雕刻業像晨星似的搖搖欲墜之時，而復有此一番表彰，殆亦雕板史末頁上重要的文獻。

淳菁閣的刻工，姓張但不知其名；他們說此人已死，人皆稱之為張老西，住廠西門，其技能為一時之最。我根據了張老西的這個諢名，到處的打聽着，後來還是託榮寶齋查考到，知道他的真名是啟和。松華齋的刻工，據說是專門為他們刻箋的，也姓張；經了好多次的追問，才知道其名為東山。靜文齋的刻工，初僅知其名為板兒楊，再三懇託着去查問，才知道其名為華庭。清秘閣的刻工，也經了數次的訪問後，方知其亦為張東山。因此，我頗疑刻工和制箋業的關係，也許不完全是處在僱工的地位；他們也許是自立門戶，有求始應，像畫家那個樣子的。然未細訪，不能詳。

榮寶齋的刻工名李振懷，懿文齋的刻工名李仲武，松古齋的刻工名楊朝正，成興齋的刻工名楊文、蕭桂，也頗費懇託，方能訪知。至於榮祿、寶晉二家，則因刻者年代已久，他們已實在記不清了。姑闕之。刻工中，以張、李、楊三名為多，頗疑其有系屬的關係，像明末之安徽黃氏、鮑氏。這種以一個家庭為中心的手工業是至今也還存在的。

刷印之工，亦為制箋的重要的一個步驟，因不僅拆板不易，即拼板、調色亦煞費工夫。惜印工太多，不能一一記其姓名。

對此數冊之箋譜，不禁也略略有些悲喜和滄桑之感。自慰幸不辜負搜訪的勤勞，故記之如右。

一九二二年十一月十五日

（選自《西諦書話》，北京：三聯書店，1983 年）

售書記

鄭振鐸

嗟食何如售故書，療飢分得蠹蟲餘。
丹黃一付絳雲火，題跋空傳士禮居。
展向晴窗胸次了，拋殘午枕夢回初。
莫言自有屠龍技，剩作天涯稗販徒。

以上是一個舊友的售書詩，這個舊友和我常在古書店裏見到。從前，大家都買書，不免帶點爭奪的情形，彼此有些猜忌，劫中，我賣書，他也讀書，見了面，大家未免常常嘆氣，談着從來不會上口的柴米油鹽的問題。他先賣石印書，自印的書，然後賣明清刊本的書。後來，便不常在古書店見到他了。大約書已賣得差不多，不是改行做別的事，便是守在家裏不出門。關於他，有種種的傳說。我心裏很難過，實在不願意在這裏再提起，這是一位在這個大時代裏最可惜、慘酷的犧牲者。但寫下他抄給我的這首詩時，我不能不黯然！

說到售書，我的心境頓時要陰晦起來。誰想得到，從前高高興興，一部部，一本本，收集起來，每一部書，每一本書，都有它的被得到的經過和歷史；這一本書是從那一家書店裏得到的，那一部書是如何的見到了，一時躊躇未取，失去了，不料無意中又獲得之；那一部書又是如何的先得到一二本，後來，好容易方才從某書店的殘書堆裏找到幾本，恰好配全，配全的時候，心裏是如何的喜悅；也有永遠配不全的，但就是那殘帙也很可珍重，古宮的斷垣殘刻，不是也足以令人留連忘返麼？那一本書雖是薄帙，卻是孤本單行，極不易得；那一部書雖是同光間刊本，卻很不多見；那一本書雖已收入某叢書中，這本卻是單刻本，與叢書本異同甚多；那一部書見於禁書目錄，雖為陋書，亦自可貴。至於明刊精本，黑口古裝者，萬曆竹紙，傳世絕罕者，與明清史料關係極鉅者，稿本手跡，從無印本者，等等，則更是見之心暖，讀之色舞。雖絕不巧取豪奪，卻自有其爭鬥與購取之閱歷。差不多每一本，每一部書於得之之時都有不同的心境，不同的作用。為什麼捨彼取此，為什麼前棄今取，在自己個人的經驗上，也各自有其理由。譬如，二十年前，在中國書店見到一部明刊藍印本《清明集》和一部道光刊本《小四夢》，價各百金，我那時候傾囊只有此數，那末，還是購《小四夢》吧。因為我弄中國戲曲史，《小四夢》是必收之書。然而在版本上，或在藏書家的眼光看來，那《清明集》，一部極罕見的古法律書，卻是如何的珍奇啊！從前，我不大收清代的文集，但後來覺得有用，便又開始大量收購了。從前，對於詞集有偏嗜，有見必收，後來，興趣淡了些，便於無意中失收了不少好詞集。凡此種種，皆寄託着個人的感情。如魚飲水，冷暖自知。誰想得到，凡此種種，費盡心力以得之者，竟會出以易米麼？誰更會想得到，從前一本本，一部部書零星收得，好容易集成一類，堆作數架者，竟會一捆捆，一箱箱的拿出去賣的麼？我從來不肯好好的把自己的藏書編目，但在出賣的時候，賣書的要先看目錄，便不能不咬緊牙關，硬了頭皮去編。編目的時候，覺得部部書本本書都是可愛的，都是捨不得去的，都是對我有用的，然而又不能不割售。摩挲着，仔細的翻看着，有時又摘抄了要用的幾節幾段，終於捨不得，不願意把它上目錄。但經過了一會，究竟非賣錢不可，便又狠了狠心，把它寫上。在劫中，像這樣的「編目」，不止三兩次了。特別在最近的兩年中，光景更見困難了，差不多天天都在打「書」的主意，天天在忙於編目。假如天還不亮的話，我的出售書目又要從事編寫了。總是先去其易得者，例如《四部叢刊》，百衲本《廿四史》之類。《四部叢刊》，連二三編，我在前年，只賣了偽幣四萬元，百衲本《廿四史》，只賣了偽幣一萬元。誰想得到，在今年今日，要想再得到一部，便非花了整年的薪水還不夠麼？只好從此不作收藏這一類大部書的念頭了。最傷心的是，一部石印本《學海類編》，我不時要翻查，好幾次書友們見到了，總要慫恿我出賣，我實在捨不得。但最後，卻也不得不賣了。賣得的錢，還不夠半個月花，然而如今再求得一部，卻也已非易了。其後，賣了一大批明本書，再後來，又賣了八百多種清代文集，最後，又賣了好幾百種清代總集文集及其他雜書。大凡可賣的，幾乎都已賣盡了！所萬萬捨不得割棄的是若干目錄書，詞典書，小說書和版面書。最後一批，擬目要去的便是一批版面書。天幸勝利來得恰如其時，方才保全了這一批萬萬捨不得去的東西。否則，再拖長了一年半載，恐怕連什麼也都要售光了。但我雖然捨不得與書相別，而每當困難的時光，總要打它的主意，實在覺得有點對不起它！如果把積「書」當作了囤貨——有些暴發戶實在有如此的想頭，而且也實在如此的做，聽說，有一個人，所囤積的《四部叢刊》便有廿餘部——那末，售去倒也沒有什麼傷心。不幸，我的書都是「有所謂」而收集起來的，這樣的一大批一大批的「去」，怎麼能不痛心呢？售去的不僅是「書」，同時也是我的「感情」，我的「研究工作」，我的「心的温暖」！當時所以硬了心腸要割捨它，實在是因為「別無長物」可去。不去它，便非餓死不可。在餓死與去書之間選擇一種，當然只好去書。我也有我的打算，每售去一批書，總以為可以維持個半年或一年。但物價的飛漲，每每把我的計劃全部推翻了。所以只好不斷的在編目，在出售；不斷的在傷心，有了眼淚，只好往肚裏倒流下去。忍着，耐着，嘆着氣，不想寫，然而又不能不一部部的編寫下去。那時候，實在恨自己，為什麼從前不藏點別的，隨便什麼都可以，偏要藏什麼勞什子的書呢？曾想告訴世人說，凡是窮人，凡是生活不安定的人，沒有恆產、資產的人，要想儲蓄什麼，隨便什麼都可以，只千萬不要藏書。書是積藏來用，來讀的，不是來賣的。賣書時的慘楚的心情實在受得夠了！到了今天，我心上的創傷還沒有癒好！凡是要用一部書，自己已經售了去的，想到書店裏去再買一部，一問價，只好嘆口氣，現在的書已經不是我輩所能購置的了。這又是用手去剝創疤的一個刺激。索性狠了心，不進書店，也決心不再去買什麼書了。書興闌珊，於今為最。但書生結習，掃蕩不易，也許不久還會發什麼收書的雅興罷。

但究竟不能不感謝「書」，它竟使我能夠度過這幾年難度的關頭。假如沒有「書」，我簡直只有餓死的一條路走！

（選自《鄭振鐸文集》第三卷，北京：人民文學出版社，1983 年）

《劫中得書記》序

鄭振鐸

鳳凰從灰燼裏新生
金赤的羽毛更光彩燦爛

——見 The Physiologus, 及 Herodotus (ii.73),
Pliny (*Nat hist.* x. 2) Tacitus (*Ann.* vi. 28)

余聚書二十餘載，所得近萬種。搜訪所至，近自滬濱，遠逮巴黎、倫敦、愛丁堡。凡一書出，為余所欲得者，苟力所能及，無不竭力以赴之，必得乃已。典衣節食不顧也。故常囊無一文，而積書盈室充棟。每思編目備檢。牽於他故，屢作屢輟。然一書之得，其中甘苦，如魚飲水，冷暖自知。輒識諸書衣，或錄載簿冊，其體例略類黃蕘圃藏書題跋。大抵余之收書，不尚古本、善本，唯以應用與稀見為主。孤罕之本，雖零縑斷簡亦收之。通行刊本，反多不取。於諸藏家不甚經意之劇曲、小說、與夫寶卷、彈詞，則余所得獨多。詩詞、版畫之書，印度、波斯古典文學之譯作，亦多入庋架。自審力薄，未敢旁騖。「一二八」淞滬之役，失書數十箱，皆近人著作。「八一三」大戰爆發，則儲於東區之書，胥付一炬。所藏去其半。於時，日聽隆隆炮聲，地震山崩，心肺為裂。機槍拍拍，若燃爆竹萬萬串於空甕中，無瞬息停。午夜佇立小庭，輒睹光鞭掠空而過，炸裂聲隨即轟發，震耳欲聾。晝時，天空營營若巨蠅者，盤旋頂上，此去彼來。每一彈下擲，窗戶盡簌簌搖撼，移時方已。對語聲為所喑，啞於相聞。東北角終日夜火光熊熊。燼餘燋紙，遍天空飛舞若墨蝶。數十百片隨風墮庭前，拾之，猶微温，隱隱有字跡。此皆先民之文獻也。余所藏竟亦同此蝶化矣。然處此淒厲之修羅場，直不知人間何世，亦未省何時更將有何變故突生。於所失，殆淡然置之。唯日抱殘餘書，祈其不復更罹劫運耳。收書之興，為之頓減。實亦無心及此也。而諸肆亦皆作結束計，無書應市。通衢之間，殘書佈地，不擇價而售。亦有以雙籃盛書，肩挑而趨，沿街叫賣者。間或顧視，輒置之，無得之之意。經眼失收者多矣。書籍存亡，同於雲煙聚散。唯祝其能楚弓楚得耳。戰事西移，日月失光，公私藏本被劫者漸出於市。謝光甫氏搜求最力，所得獨多。余迫處窮鄉，棲身之地，日縮日小；置書之室，由四而三而二；梯旁榻前，皆積書堆。而檢點殘藏，亦有不翼而飛者，竟不知何時失去。然私念大劫之後，文獻淩替，我輩苟不留意訪求，將必有越俎代謀者。史在他邦，文歸海外，奇恥大辱，百世莫滌。因復稍稍過市。果得丁氏所藏脈望館鈔校本《古今雜劇》六十四冊，歸之國庫。復於來青閣得丁氏手抄零稿數冊。友人陳乃乾先生先後持明刊《女範編》、《盛明雜劇》及孫月峰朱訂《西廂記》來。余竭阮囊，僅得《女範編》與《西廂記》。而於《盛明雜劇》雖酷愛之，卻不果留矣。乃乾云：有李開先刊《元人雜劇四種》，售者索金六百。余力有未逮，竟聽其他售。至今憾惜未已。中國書店收得明刊方冊大字本《西廂記》，附圖絕精，亦歸謝氏。但於戊寅夏秋之交，余實亦得雋品不鮮。萬曆板《藍橋玉杵記》，李玄玉撰《眉山秀》、《清忠譜》，程穆衡《水滸傳注略》，螺冠子《詠物選》，馮夢龍《山歌》，蕭尺木《離騷圖》以及《宣和譜》，《芙蓉影》，《樂府名詞》等，皆小品中之最精者，綜計不下三十種。於奇窮極窘中有此收穫，亦殊自喜。然其間艱苦，絕非紈袴子弟，達官富賈輩，斤斤於全書完闕，及版本整潔與否者，所能夢見。及今追維，如嚼橄欖，猶有餘味。每於靜夜展書快讀，每書幾若皆能自訴其被收得之故事者，蓋足償苦辛有餘焉。今歲合肥李氏飛，沈氏粹芬閣書散出。余限於力，僅得《元人詩集》（潘是仁刊本），《古詩類苑》，《經濟類編》，《午夢堂集》，《農政全書》與萬曆板《皇明英烈傳》等二十餘種。初，有明會通館活字本諸臣奏議者，由傳新書店售予平賈，得九百金。而平賈載之北去，得利幾三數倍。以是南來者益眾，日搜括市上。遇好書，必攫以去。諸肆宿藏，為之一空。滬濱好書而有力者，若潘明訓，謝光甫諸氏皆於今歲相繼下世。余好書者也，而無力。有力者皆不知好書。以是精刊善本日以北。輾轉流海外。誠今古圖書一大厄也。每一念及，寸心如焚。禍等秦火，慘過淪散。安得好事且有力者出而挽救劫運於萬一乎？昔黃梨洲保護藏書於兵火之中，道雖窮而書則富。葉林宗遇亂，藏書盡失。後居虞山，益購書，倍多於前。今時非彼時，而將來建國之業必倍需文獻之供應。故余不自量，遇書必救，大類愚公移山，且將舉鼎絕臏。而夏秋之際，處境日艱。同於屈子孤吟，眾醉獨醒。且類曾參殺人，三人成虎。憂讒畏譏，不可終日。心煩意亂，孤憤莫訴。計唯潔身而退，咬菜根，讀《離騷》耳。乃發願欲斥售藏書之一部，供薪火之資。而先所質於某氏許之精刊善本百二十餘種，復催贖甚力。計子母須三千餘金。不欲失之，而實一貧如洗。傍徨失措，躊躇無策。秋末，乃以明清刊雜劇傳奇七十種，明人集等十餘種歸之國家，得七千金。曲藏為之半空。書去之日，心意惘惘。大似某氏之別宋板《漢書》，李後主之揮淚對宮娥也。然歸之公藏，相見有日，且均允錄副，是失而未失也。為之稍慰戚戚。立持金取得質書。自晨至午，碌碌不已。然樂之不疲。若睹闊別之契友，秋窗剪燭，語娓娓不休。摩挲數日夜，喜而忘憂。而囊有餘金，結習難忘，復動收書之興。茲所收者乃着眼於民族文獻。有見必收，收得必隨作題記。至冬初，所得凡八九百種。而余金亦盡。不遑顧及今後之生計何若也。但恨金少，未能盡救諸淪落之圖籍耳。每念此間非藏書福地。故前後所得，皆寄庋某地某君所。隨得隨寄，未知何日再得展讀。因整理諸書題記，匯為數冊，時一省覽，姑慰相思。夫保存國家文獻，民族文化，其苦辛固未足埒攻堅陷陣，捨生衞國之男兒，然以余之孤軍與諸賈競，得此千百種書，誠亦艱苦備嘗矣。唯得之維艱，乃好之益切。雖所耗時力，不可以數字計，然實為民族效微勞，則亦無悔！是為序。

（選自《西諦書話》，北京：三聯書店，1983 年）

《劫中得書記》新序

鄭振鐸

《劫中得書記》和《劫中得書續記》曾先後刊於開明書店的文學集林裏。友人們多有希望得到單行本的。開明書店確曾排印成書，但不知何故，並沒有出版。這次，到了上海，在舊寓的亂書堆裏，見到這部書的紙型，也已經忘記了他們在什麼時候將這副紙型送來的。殆因劫中有所諱，不能印出，遂將此紙型送到我家保存之耳。偶和劉哲民先生談及。他說，何不在現在將它出版呢？遂將這副紙型託他送給上海古典文學出版社，看看可否印行。在我回到北京後不久，他們就來信說，想出版這部書，並將校樣寄來。我仔細地把這個校樣翻讀了幾遍，並校改了少數的「句子」和錯字。像翻開了一本古老的照相簿子，惹起了不少酸辛的和歡愉的回憶。我曾經想刻兩塊圖章，一塊是「狂臚文獻耗中年」，一塊是「不薄今人愛古人」。雖然不曾刻成，實際上，我的確是，對於古人、今人的著作，凡稍有可取、或可用的，都是「兼收博愛」的。而在我的中年時代，對於文獻的確是十分熱中於搜羅、保護的。有時，常常做此「舉鼎絕臏」的事。雖力所不及，也奮起為之。究竟存十一於千百，未必全無補也。我不是一個藏書家。我從來沒有想到為藏書而藏書。我之所以收藏一些古書，完全是為了自己的研究方便和手頭應用所需的。有時，連類而及，未免旁騖；也有時，興之所及，便熱中於某一類的書的搜集。總之，是為了自己當時的和將來的研究工作和研究計劃所需的。因之，常常有「人棄我取」之舉。在三十多年前，除了少數人之外，誰還注意到小說、戲曲的書呢？這一類「不登大雅之堂」的古書，在圖書館裏是不大有的，我不得不自己去搜訪。至於彈詞、寶卷、大鼓詞和明清版的插圖書之類，則更是曲「低」和寡，非自己買便不能從任何地方借到的了。常常捨去大經大史和別處容易借到的書而搜訪於冷攤古肆，以求得一本兩本自己所需要的東西。常有藏書家們所必取的，我則望望然去而之他。像某年在上海中國書店，見到有一部明代藍印本的《清明集》和一部清代梁廷楠的《小四夢》同時放在桌上，其價相同。《清明集》是古代的一部重要的有關法律的書，「四庫」存目，外間流傳極少，但我則毅然捨去之，而取了《小四夢》。以《小四夢》是我研究戲劇史所必需的資料，而《清明集》則非我的研究範圍所及也。像這樣捨熊掌而取魚的例子還有不少。常與亡友馬隅卿先生相見，他是在北方搜集小說、戲曲和彈詞、鼓詞等書的，取書共賞，相視而笑，莫逆於心，頗有「空谷足音」之感。其後，注意這類書者漸多，繼且成為「時尚」，我便很少花時間再去搜集它們了。但也間有所得。坊友們往往留以待我，其情可感。遂也不時購獲若干。誰都明白：文獻圖書是進行科學研究的必需的工具之一。過去，圖書文獻散在私家，奇書異本，每每視為珍秘，不輕視人。訪書之舉，便成為學士大夫們的經常工作。王漁洋常到慈仁寺諸書店，盛伯希、傅沅叔諸君，幾無日不坐在琉璃廠古書肆裏。今非昔比，大大小小的公共圖書館，研究機關、學校、專業部門的圖書館，訪書之勤，不下於從前的學者們。非自己購書不可的艱辛的日子，已經一去不復返了。今天從事於科學研究者們是完全可以依靠於各式各樣的圖書館而進行工作的了。訪書之舉，便將從此不再是專家們所應該做的工夫之一了麼？不，我以為不然！我有一個壞癖氣，用圖書館的書，總覺得不大痛快，一來不能圈圈點點，塗塗抹抹，或者折角劃線做記號；二來不能及時使用，「急中風遇到慢郎中」，碰巧那部書由別人借走了，就只好等待着，還有其他等等原因。寧可自己去買。不知別的人有沒有和我有這個同樣的癖習？我還以為，專家們除了手頭必備的專門、專業的大量的參考書籍之外，如有購書的癖好，卻也是一個很好的癖好。有的人玩郵票，有的人收碎磁片，有的人愛打球，有的人好聽戲，好拉拉小提琴或者胡琴。有的人就不該逛逛書攤麼？夕陽將下，微飇吹衣，訪得久覓方得之書，挾之而歸，是人生一樂也！我知道，有這樣癖好的人很不少。我這部《得書記》的出版，對於有訪書的癖好的人，可能會有些「會心」之處。《得書記》所記的只是一時的，一地的且是一己的事。天下大矣，即就一時一地而論，所見的書，何止這些。只能說是，因小見大，可窺一斑而已。在兩篇得書記之外，這次又新增入了附錄三篇。〈跋脈望館抄校本古今雜劇〉一文，在《得書記》之前寫成，且也在《文學集林》上發表過。因為此文比較長，且非自己所購置的，故便不列入《得書記》裏。其實，我在劫中所見、所得書，實實在在應該以這部《古今雜劇》為最重要，且也是我得書的最高峰。想想看，一時而得到了二百多種從未見到過的元明二代的雜劇，這不該說是一種「發現」麼？肯定地，是極重要的一個「發現」。不僅在中國戲劇史的和中國文學史的研究者們說來是一個極重要的消息，而且，在中國文學寶庫裏，或中國的歷史文獻資料裏，也是一個太大的收穫。這個收穫，不下於「內閣大庫」的打開，不下於安陽甲骨文字的出現，不下於敦煌千佛洞抄本的發現。對於我，它的發現乃是最大的喜悅。這喜悅克服了一言難盡的種種的艱辛與痛苦，戰勝了壞蛋們的誣陷。苦難是過去了。若干「患得患失」的不寐的痛苦之夜是過去了。「喜悦」卻永遠存在着。又摩挲了這部書幾遍，還感到無限憤喜交雜！故把這篇跋收入《得書記》裏印出。一九四一年之後，我離開了家，隱姓埋名，避居在上海的「居爾典路」。每天不能不挾皮包入市，以示有工作。到哪裏去呢？無非幾家古書肆。買不起很好的書了。但那時對於清朝人的「文集」忽然感到興趣。先以略高於稱斤論擔的價錢得到若干。以後，逐漸地得到的多了，也更精了，遂寫成一個目錄。那篇「序」和「跋」都是在編好目錄後寫成的，從沒有機會印出。現在，是第一次在這個「附錄」裏和讀者們相見。又在《得書記》裏，有幾則文字是應該改動的。因為用的是舊紙型，不便重寫，故在這裏改正一下：(一)《得書記》第五十三則「至大重修宣和博古圖」裏，說我所得的那部「殘本」是「元刊本」。這話是錯的。今天看來，恐仍是明嘉靖間蔣暘的翻刻本。向來的古書肆，每將蔣序撕去，冒充作元刊本。(二)《得書記》第八十六則「陳章侯水滸葉子」裏，說起，我所得的那部水滸葉子是黃子立的原刻本。其實，它仍是清初的翻刻本。潘景鄭先生所藏的那一部才是真正的原刻本。那個本子後來也歸了我。曾仔細地對看了幾遍，翻刻本雖有虎賁中郎之似，畢竟光彩大遜。(三)《得書續記》第十則「琅嬛文集」裏，說：張宗子的許多著作，都無較古的刻本。其實不然。近來曾見到清初刻本的《西湖夢尋》，刻得極精。其他書，恐怕也會有較早的本子，只是沒有見到耳。

一九五六年八月七日鄭振鐸序於青島

(選自《西諦書話》，北京：三聯書店，1983年)

書的夢

孫犁

到市場買東西，也不容易。一要身強體壯，二要心胸寬闊。因為種種原因，我足不入市，已經有很多年了。這當然是因為有人幫忙，去購置那些生活用品。夜晚多夢，在夢裏卻常常進入市場。在喧囂擁擠的人群中，我無視一切，直奔那賣書的地方。

遠遠望去，破舊的書床上好像放着幾種舊雜誌或舊字帖。顧客稀少，主人態度也很和藹。但到那裏定睛一看，卻往往令人失望，毫無所得。

按照弗羅伊德的學説，這種夢境，實際上是幼年或青年時代，殘存在大腦皮質上的一種印象的再現。

是的，我夢到的常常是農村的集市景象：在小鎮的長街上，有很多賣農具的，賣吃食的，其中偶爾有賣舊書的攤販。或者，在雜亂放在地下的舊貨中間，有幾本舊書，它們對我最富有誘惑的力量。

這是因為，在童年時代，常常在集市或廟會上，去光顧那些出售小書的攤販。他們出賣各種石印的小説、唱本。有時，在戲台附近，還會遇到陳列在地下的，可以白白拿走的，宣傳耶穌教義的各種聖徒的小傳。

在保定上學的時候，天華市場有兩家小書舖，出賣一些新書。在大街上，有一種當時叫做「一折八扣」的廉價書，那是新舊內容的書都有的，印刷當然很劣。

有一回，在紫河套的地攤上，買到一部姚鼐編的《古文辭類纂》，是商務印書館的鉛印大字本，花了一圓大洋。這在我是破天荒的慷慨之舉，又買了二尺花布，拿到一家裱畫舖去做了一個書套。但保定大街上，就有商務印書館的分館，到裏面買一部這種新書，所費也不過如此，才知道上了當。

後來又在紫河套買了一本大字的夏曾佑撰寫的《中國歷史教科書》(就是後來的《中國古代史》)，也是商務排印的大字本，共兩冊。

最後一次逛紫河套，是一九五二年。我路過保定，遠千里同志陪我到「馬號」吃了一頓童年時愛吃的小館，又看了「列國」古蹟，然後到紫河套。在一家收舊紙的店舖裏，遠買了一部石印的《李太白集》。這部書，在遠去世後，我在他的夫人于雁軍同志那裏還看見過。

中學畢業以後，我在北平流浪着。後來，在北平市政府當了一名書記。這個書記，是當時公務人員中最低的職位，專事抄寫，是一種僱員，隨時可以解職的，每月有二十元薪金。在那裏，我第一次見到了舊官場、舊衙門的景象。那地方倒很好，後門正好對着北平圖書館。我正在青年，富於幻想，很不習慣這種職業。我常常到圖書館去看書。到北新橋、西單商場、西四牌樓、宣武門外去逛舊書攤。那時買書，是節衣縮食，所購完全是革命的書。我記得買過六期《文學月報》，五期《北斗》雜誌，還有其他一些革命文藝期刊，如《奔流》、《萌芽》、《拓荒者》、《世界文化》等。有時就帶上這些刊物去「上衙門」。我住在石駙馬大街附近，東太平街天仙庵公寓。那裏的一位老工友，見我出門，就如此恭維。好在科裏都是一些混飯吃、不讀書的人，也沒人過問。

我們辦公的地方，是在一個小偏院的西房。這個屋子裏最高的職位，是一名辦事員，姓賀。他的辦公桌擺在靠窗的地方，而且也只有他的桌子上有塊玻璃板。他的對面也是一位辦事員，姓李，好像和市長有些瓜葛，人比較文雅。家就住在府右街，他結婚的時候，我隨禮去過。

我的辦公桌放在西牆的角落裏，其實那只是一張破舊的板桌，根本不是辦公用的，桌子上也沒有任何文具，只堆放着一些雜物。桌子兩旁，放了兩條破板凳，我對面坐着一位姓方的青年，是破落戶子弟。他寫得一手好字，只是染上了嚴重的嗜好。整天坐在那裏打盹，睡醒了就和我開句玩笑。

那位賀辦事員，好像是南方人，一上班嘴裏的話是不斷的，他裝出領袖群倫的模樣，對誰也不冷淡。他見我好看小說，就說他認識張恨水的內弟。

很久我沒有事幹，也沒人分配給我工作。同屋有位姓石的山東人，為人誠實，他告訴我，這種情況並不好，等科長來考勤，對我很不利。他比較老於官場，他說，這是因為朝中無人的緣故。我那時不知此中的利害，還是把書本擺在那裏看。

我們這個科是管市民建築的。市民要修房建房，必須請這裏的技術員，去丈量地基，繪製藍圖，看有沒有侵佔房基線。然後在窗口那裏領照。

我們科的一位股長，是一個胖子，穿着藍綢長衫，和下僚談話的時候，老是把一隻手托在長衫的前襟下面，做撩袍端帶的姿態。他當然不會和我說話的。

有一次，我寫了一個請假條寄給他。我雖然看過《酬世大觀》，在中學也讀過陳子展的《應用文》，高中時的國文老師，還常常把他替要人們擬的公文，發給我們當作教材。但我終於在應用時把「等因奉此」的程式用錯了。聽姓石的説，股長曾拿到我們屋裏，朗誦取笑。股長有一個乾兒，並不在我們屋裏上班，卻常常到我們屋裏瞎串。這是一個典型的京華惡少，政界小人。他也好把一隻手托在長衫下面，不過他的長衫，不是綢的，而是藍布，並且舊了。有一天，他又拿那件事開我的玩笑，激怒了我，我當場把他痛罵一頓，他就滿臉賠笑地走了。

當時我血氣方剛，正是一語不合拔劍而起的時候，更何況初入社會，就到了這樣一處地方，滿腹怨氣，無處發作，就對他來了。

我是由志成中學的體育教師介紹到那裏工作的。他是當時北方的體育明星，娶了一位宦門小姐。他的外兄是工務局的局長。所以説，我官職雖小，來頭還算可以。不到一年，這位局長下台，再加上其他原因，我也就「另候任用」了。

我被免職以後，同事們照例是在東來順吃一次火鍋，然後到娛樂場所玩玩。和我一同免職的，還有一位家在北平附近的人，臉上有些麻子，忘記了他的姓。他是做外勤的，他的為人和他的破舊自行車上的裝備，給人一種商人小販的印象，失業對他是沉重的打擊。走在街上，他悄悄地對我説：

「孫兄，你是公子哥兒吧，怎麼你一點也不在乎呀！」

我沒有回答。我想説：我的精神支柱是書本，他當然是不能領會的。其實，精神支柱也不可靠，我所以不在意，是因為這個職位，實在不值得留戀。另外，我隻身一人，這裏沒有家口，實在不行，我還可以回老家喝粥去。

和同事們告別以後，我又一個人去逛西單商場的書攤。渴望已久的，魯迅先生翻譯的《死魂靈》一書，已經陳列在那裏了。用同事們帶來的最後一次薪金，購置了這本名著，高高興興回到公寓去了。

第二天清晨，挾着這本書，出西直門，路經海淀，到離北平有五六十里路的黑龍潭，去看望在那裏山村小學教書的一個朋友。他是我的同鄉，又是中學同學。這人為人熱情，對於比他年紀小的同鄉同學，情誼很深。到他那裏，正是深秋時節，黃葉飄落，潭水清冷，我不斷想起曹雪芹在這一帶著書的情景。住了兩天，我又回到了北平。

我在朝陽大學同學處住幾天，又到中國大學同學處住幾天。後來，感到肚子有些餓，就寫了一首詩，投寄《大公報》的《小公園》副刊。內容是：我要離開這個大城市，回到農村去了，因為我看到：在這裏，是一部分人正在輸血給另一部分人！

詩被採用，給了五角錢。

整理了一下，在北平一年所得的新書舊書，不過一柳條箱，就回到農村，去教小學了。

我的書籍，一損失於抗日戰爭之時，已在別一篇文章中略記，一損失於土地改革之時。

我的家庭成分是富農。按照當時黨的政策，凡是有人在外參加革命，在政治上稍有照顧。關於書，是屬於經濟，還是屬於政治，這是不好分的。貧農團以為書是錢買來的，這當然也是屬於財產，他們就先後拿去了。其實也不看。當時，我們那裏的農民，已普遍從八路軍那裏學會裁紙捲煙。在鄉下，紙張較之布片還難得，他們是拿去捲煙了。

這時，我在饒陽縣一個小區參加土改工作。大概是冀中區黨委所在之地吧，發了一個通知，要各村貧農團，把鬥爭果實中的書籍，全部上繳小區，由專人負責清查保存。大概因為我是知識分子吧，我們的小區區長，把這個責任交給了我。

書籍也並不太多，堆在一間屋子的地下，而且多是一些古舊破書，可以用來捲煙的已經不多。我因家庭成分不好，又由於「客裏空」問題，正在《冀中導報》受到公開批判，謹小慎微，對這些書籍，絲毫不敢染指，全部上繳縣委了。

我的受批判，是因為那一篇《新安遊記》。是個黃昏，我從端村到新安城牆附近繞了繞，那裏地勢很窪，有些霧氣，我把大街的方向弄錯了。回去倉促寫了一篇抗日英雄故事，在《冀中導報》發表了。土改時被作為「客裏空」典型。

在家鄉工作期間，已經沒有購買書籍的機會，攜帶也不方便。如果能遇到書本的話，只是用打游擊的方式，走到哪裏，就看到哪裏。

但也有時得到書。我在蠡縣工作時，有一次在縣城大集上，從一個地攤上，買到一本商務印書館出版的，鉛印精裝的《西廂記》。我帶着看了一程子，後來送給蠡縣一位書記了。

《冀中導報》在饒陽大張崗設立了一處造紙廠。他們收買一些舊書，用牲口拉的大碾，軋成紙漿。有一間棚子，堆放着舊書。我那時常到這家紙廠吃住。從棚子裏，我撿到一本石印的《王聖教》和一本石印的《書譜》。

在河間工作的時候，每逢集日，在一處小樹林裏，有推着小車販賣爛紙書本的。有一次，我從車上買到一部初版的《孽海花》。一直保存着，進城後，送給一位新婚燕爾、出國當參贊的同志了。

一九七九年四月

（選自《孫犁散文選》，北京：人民文學出版社，1984 年）

我的二十四史

孫犁

一九四九年初進城時，舊貨充斥，海河兩岸及牆子河兩岸，接連都是席棚，木器估衣，到處都是，舊書攤也很多，隨處可以見到。但集中的地方是天祥市場二樓，那些書販用木板搭一書架，或放一床板，上面插列書籍，安裝一盞照明燈，就算是一家。各家排列起來，就構成了一個很大的書肆。也有幾家有舖面的，藏書較富。

那一年是天津社會生活大變動的時期，物資在默默地進行再分配，但進城的人們，都是窮八路，當時注意的是添置幾件衣物，並沒有多少錢去買書，人們也沒有買書的習慣。

那一時期，書籍是很便宜的，一部白紙的四部叢刊，帶箱帶套，也不過一二百元，很多拆散，流落到舊紙店去；各種二十四史，也沒人買，帶樟木大漆盒子的，帶專用書櫥的，就風吹日曬的，堆在牆子河邊街道上。

書販們見到這種情景，見到這麼容易得手的貨源，都躍躍欲試，但他們本錢有限，貨物周轉也不靈，只能望洋興嘆，不敢多收。

我是窮學生出身，又在解放區多年，進城後攜家帶口，除謀劃一家衣食，不暇他顧。但幼年養成的愛書積習，又滋長起來。最初，只是在荒攤野市，買一兩本舊書，放在自己的書桌上。後來有了一些稿費，才敢於購置一些成套的書，這已經是一九五四年以後的事了。

最初，我從天祥書肆，買了一部涵芬樓影印本的《史記》，是據武英殿本。本子較小，字體也不太清晰。涵芬樓影印的這部二十四史，後來我見過全套，是用小木箱分代函裝，然後砌成一面小影壁，上面還有瓦簷的裝飾。但紙張較劣，本子較小是它的缺點，因此，並不為藏書家所珍愛。很長一段時間，人們喜愛同文書局石印的二十四史，它也是根據武英殿本，但紙張潔白而厚，字大行稀，看起來醒目，也是用各式小木箱分裝，然後堆疊起來，自成一面牆，很是大方。我只買了一部《梁書》而已。

有一次，天祥一位人瘦小而本亦薄的商人，買了一套中華書局印的前四史，很潔整，當時我還是胸無大志，以為買了前四史讀讀，也就可以了，用十元錢買了下來。因為開了這個頭，以後就陸續買了不少中華書局的二十四史零種。其實中華書局的四部備要本二十四史，並不佳。即以前四史而言，名為仿宋，字也夠大，但以字體扁而行緊密，看起來，還是不很清楚。以下各史，行格雖稀，但所用紙張，無論黑白，都是洋紙，吸墨不良，多有油漬。中華書局的二十四史，也是據武英殿本重排，校刊只能說還可以，總之，並不引人喜愛。清末，有幾處官書局，分印二十四史，金陵書局出的包括《史記》在內的幾種，很有名，我也曾在天祥見過，以本子太大，攜帶不便，失之交臂之間。

我的《南史》和《周書》，是光緒年間，上海圖書集成印書局校印本，字體並不小，然字扁而行密，看起來字體連成一線，很費目力。清末民初，用這種字體印的書很不少，如《東華錄》、《紀事本末》等。這種書，用木板夾起，「文化大革命」中，抄書發還，院中小兒，視為奇觀，亦可紀也。

我的《陳書》是商務印書館四部叢刊的百衲本。這種本子在版本學術上很有價值，但讀起來並不方便。我的《新五代史》，是劉氏玉海堂的覆宋本，共十二冊，印製頗精。

國家標點的二十四史，可謂善本，讀起來也方便。因為有了以上那些近似古董的書，後來只買了《魏書》、《遼史》。發見這種新書，厚重得很，反不及線裝書，便利老年人閱讀。

這樣東拼西湊，我的二十四史，也可以說是百衲本了。

一九八〇年十二月

（選自《孫犁散文選》，北京：人民文學出版社，1984 年）

姑蘇訪書記

黃裳

最近應朋友之約到蘇州去住了兩天。蘇州過去我是常去的，照我舊有的經驗，蘇州的可愛，第一是那裏的舊書多，每次去都能看到一些別致的書，偶然也能得到幾種。其次是那裏的飲食好，可以吃到價廉物美的小吃。如元大昌酒店裏各種下酒的零吃、包子和麵。至於園林之美倒還在其次。荏苒若干年，情況發生了很大的變化，上面所說的兩種特色基本上已不存在了。

住在大井巷，出門走上大街不遠就是怡園，現存唯一的一家舊書店就在對面。我每次來蘇州總要去坐一坐。這裏有些店員還是過去的老相識，承他們的好意，每次都被讓到樓上去坐一下，我也總是要求他們拿出幾種書來看看。這種享受，在全國說來也是不易獲得的了。記得去年，我還在這裏得到過一本乾隆原刻的《冬心先生畫竹題記》，總共不過十來頁，可是用的是舊紙，大字仿宋寫刻，墨光如漆，前面還有一張高翔畫的金農的小像，用的是雍正中刻《冬心先生詩集》前小像的舊板，不過後面的題贊卻換了方輔題、楊謙寫的篆書。關於冬心自刻書的紙墨之精，徐康在《前塵夢影錄》裏曾經講起過。他說，這種自刻書用的是宋紙，印刷用墨取的是搗碎了的晚明清初佳墨碎塊。在中國雕版印刷史上可以算得是非常突出的精製品，這就從一個側面反映了清初經過百十年安定休息，經濟上升，文化繁榮的面貌。《畫竹題記》的用紙，是一種深黃色極厚實的竹紙，簾紋很細，還夾雜着一些未能融解的植物纖維，是一種較粗的古紙。我不敢斷定這是否宋紙，但和宋代印刷佛經的用紙是相近的。去年在北京圖書館看到《冬心先生續集自序》，用的也是同樣的舊紙，可見徐康的話不是沒有根據的。

金冬心以畫著名。不過他的文字寫得也是很好的。寫在畫幀上面的小詩、自度曲、題記，刻在硯石後面的銘文……都有一種突出的特色。中間往往吐露了詩人畫家的思想、感情。我常常感到這也應該算是一種特殊規格的雜文。金農是生活在封建社會的文士，他也只能發發那種特定的牢騷。不過時時反映了社會現實給他帶來的刺激也是事實。在《畫竹題記》中隨便摘取一條：

> 比日不出。非不出也，避城狐社鼠之相窺也。既不出矣，招剡溪之人來，畫老竹數竿，在大石罅。石作飛白者一，作黳黑者一。下有敗棘，有惡草。不意幽林綿谷中伏處此輩也。畫畢擲筆太息，自解不得。吾當搔首問青天耳。

這些話說得也夠露骨的了。因為是題在竹石的畫幅上面，看畫的人也大抵隨口稱讚一句「高雅，高雅」，沒有引起注意，遭到迫害，實在要算他運氣。

冬心的作品曾有過多種翻刻，算不得孤本秘籍。不過能偶然得到作者自己刻印的原刻本，還是使人高興的。除了雕版印刷史、美術工藝史上的價值以外，還有一種特殊的親切之感。譬如《北平箋譜》，有魯迅、西諦簽名的初版本和只有編號的再版本帶給讀者的感受就大不同。這是往往要被人們說成是「玩物喪志」或「古董家數」的。當然，這裏一個重要的前提是，國家安定，經濟繁榮，才能有隨之而來的絢爛文化。在這裏，我是贊成「衣食足而後知榮辱」這句話的。

這次他們也取出了幾種書，不過非常失望，沒有什麼有趣的東西，只有兩本舊拓的「蘭亭」，有程瑤田的題跋，是舊山樓的舊藏。閒談中間，知道他們現在是以經營新版古籍為主的了。下面的門市部裏確也陳列了大量的新書，這中間，不必說是有着不少各種版本的《三俠五義》、《七俠五義》、《好逑傳》、《捉鬼傳》、《兒女英雄傳》……的。這後一種，有一家書店的版本還題作《俠女奇緣》。這幾種書，在全國各地的新華書店裏都大量地供應着；如果不是專營「古籍」的地方，就還有各種翻譯、創作的「奇案」、「女屍」、「推理小說」、驚險樣式之類的作品！老實說，這種「繁榮」的景象，看了是只能使人感到單調與寂寞的，就像在沙漠上看到一叢叢仙人球、仙人掌之類的多肉類植物一樣。

至於線裝書的貨源，那確是少得多了。這自然是他們改營新書為主的基本原因。不過情況也不是絕對的，三吳一帶到底還是有悠久歷史的文化之鄉，遺存雖已不多，但並非絕無僅有。蘇州市圖書館僅有的兩部宋刻書就是近年來他們收集的。附近地區請他們去收購藏書的人家也還不少，不過因為經營方向、人手……以及其他一些意想不到的原因，已經使他們長久以來放棄了這方面的業務了。

閒談中聽到了很多故事，都是不易忘記的。他們有一次在鄉下發現了一屋線裝舊書，已經鄰於霉壞了，裏面很有些善本。向縣機關提出來，進行了整理。但不許由新華書店收購，當作寶貝又堆在另一間房子裏。後來再去看時，許多書都殘失不全了。一部孫星衍手校的明刻白皮紙《白虎通》，只剩下了兩本。另外兩本說是院子裏的誰煮飯沒有引火的東西，抽去當了柴。

多年來遇到過不少經營舊書業的人，他們都有相當豐富的經驗，見識廣博，記憶力很強，裝了滿肚子的關於舊書流轉的故事和知識。我總是勸他們抽空回憶記一點下來。不過效果很小。他們不是推說文化水平不高，就是根本當作笑話來聽。有許多人，如上海、北京的郭石麒、楊壽棋、孫實君、孫助廉……，他們如果肯做這個工作，是可以拿出不下於孫殿起的《販書偶記》這樣的著作來的。至少寫出像李南澗的《琉璃廠書肆記》、徐康的《前塵夢影錄》那樣的作品是毫不困難的。可是一本也沒有，這些人都已先後死去了。閒談中我出了一個題目，蘇州一隅幾十年中某些藏書家，其中有些是小藏家，他們藏書的主要內容，流散始末，……現在記錄一下還不是很困難的。這一類地方性的文獻史料都是值得搜集保存的，全國每一個重要的文化中心都應該來做這個工作。

搶救、收集古舊書籍文獻是一項重要的工作。由於歷史原因，過去這工作是通過舊書行業的渠道進行的。目前，就很自然地劃歸新華書店系統經營。他們雖然同樣要與書打交道，但業務的內容、性質是完全不同的。至少用新華書店現行的經營方針進行一刀切的管理是不妥當的。正如世醫、儒醫、獸醫……雖然都有一個醫字，卻萬不可誤會他們幹的是同一行當。望文生義在這裏只能引起誤會，造成損失。

在我們這樣一個偉大的國家裏，有那麼一些從事古舊文獻搜集、整理、流通的專業工作者，是完全必要的，絕不能說是浪費。照我的粗略估計，在北京、上海、天津、蘇州、杭州……，現在還在崗位上有一定鑒定水平的古舊書工作者，一起怕也不滿幾十個人。這真是一種岌岌可危的局面。接班人的情況好像也不樂觀。不要好久，人們把家藏的宋板書送到店裏，也無人能加以辨識、處理的情況必將出現。更不必説散落在全國各個角落的古典文獻了。當然，宋板書送到書店裏的事現在是很少了。但也不能説今後就完全沒有可能。宋刻宋印的蘇詩，就是由藏書者的後人送到蘇州書店裏的。當然，這是極罕見的情況。書店因此而得到的利潤也很少，與經營《三俠五義》所得完全不能相比。不過文化事業畢竟不是一般的營利事業，這裏不好用一把唯一的尺子來加以衡量。

一九八一年七月十五日《人民日報》的「讀者來信」中發表了一封讀者呼籲「從廢紙堆中搶救古書畫」的來信，就報告着一種觸目驚心的現象。一個縣的文化館裏有四千多冊古書畫（這句話有語病，照例畫是不能論冊的），管理的人員説，「這些書畫是從縣公安局收集來的。前段時間，縣公安局的同志把古書畫當廢物燒掉，不知毀了多少。他們不是故意毀書畫，而是不知古書畫的重要。」當地另一位在法院的同志説，「這些殘缺不全的東西有啥用？！我們機關裏還有一堆。你若是要，到我們單位去拿。」

這事發生在湖北竹溪縣。可以證明我從蘇州聽來的故事並不是僅見的，倒有着一定的普遍意義。公安局和法院嚴格説來不能算文化機關，在那裏工作的同志缺少必要的文化修養也是不宜過分責難的。不過我們必須設法從速改變這種狀況，則是無疑的。

一九八一年七月十六日

（選自《銀魚集》，北京：三聯書店，1985 年）

東京的書店

周作人

說到東京的書店第一想起的總是丸善（Maruzen）。他的本名是丸善株式會社，翻譯出來該是丸善有限公司，與我們有關係的其實還只是書籍部這一部分。最初是個人開的店舖，名曰丸屋善七，不過這店我不曾見過，一九〇六年初次看見的是日本橋通三丁目的丸善，雖鋪了地板還是舊式樓房，民國以後失火重建，民八往東京時去看已是洋樓了。隨後全毀於大地震，前年再去則洋樓仍建在原處，地名卻已改為日本橋通二丁目。我在丸善買書前後已有三十年，可以算是老主顧了，雖然買賣很微小，後來又要買和書與中國舊書，財力更是分散，但是這一點點的洋書卻於我有極大的影響，所以丸善雖是一個法人而在我可是可以說有師友之誼者也。

我於一九〇六年八月到東京，在丸善所買最初的書是聖茲伯利（G. Saintsbury）的《英文學小史》一冊與泰納的英譯本四冊，書架上現今還有這兩部，但已不是那時買的原書了。我在江南水師學堂學的外國語是英文，當初的專門是管輪，後來又奉督練公所命令改學土木工學，自己的興趣卻是在文學方面，因此找一兩本英文學史來看看，也是很平常的事。但是實在也並不全是如此，我的英文始終還是敲門磚，這固然使我得知英國十八世紀以後散文的美富，如愛迭生，斯威夫忒，蘭姆，斯替文生，密倫，林特等的小品文我至今愛讀，那時我的志趣乃在所謂大陸文學，或是弱小民族文學，不過借英文做個居中傳話的媒婆而已。一九〇九年所刊的《域外小說集》二卷中譯載的作品以波蘭俄國波思尼亞芬蘭為主，法國有一篇摩波商（即莫泊三），英美也各有一篇，但這如不是犯法的淮爾特（即王爾德）也總是酒狂的亞倫坡。俄國不算弱小，其時正是專制與革命對抗的時候，中國人自然就引為同病的朋友，弱小民族蓋是後起的名稱，實在我們所喜歡的乃是被壓迫的民族之文學耳。這些材料便是都從丸善去得來的。日本文壇上那時有馬場孤蝶等人在談大陸文學，可是英譯本在書店裏還很缺少，搜求極是不易，除俄法的小說尚有幾種可得外，東歐北歐的難得一見，英譯本原來就很寥寥。我只得根據英國倍寇（E. Baker）的《小說指南》（*A Guide to Best Fictions*），抄出書名來，託丸善去定購，費了許多的氣力與時光，才能得到幾種波蘭，勃爾伽利亞，波思尼亞，芬蘭，匈加利，新希臘的作品，這裏邊特別可以提出來的有育珂摩耳（Jokai Mor）的小說，不但是東西寫得好，有匈加利的司各得之稱，而且還是革命家，英譯本的印刷裝訂又十分講究，至今還可算是我的藏書中之佳品，只可惜在紹興放了四年，書面上因為潮濕生了好些霉菌的斑點。此外還有一部插畫本土耳該涅夫（Turgeniev）小說集，共十五冊，伽納忒夫人譯，價三鎊。這部書本平常，價也不能算貴，每冊只要四先令罷了，不過當時普通留學官費每月只有三十三圓，想買這樣大書，談何容易，幸而有蔡谷清君的介紹把哈葛德與安特路朗合著的《紅星佚史》譯稿賣給商務印書館，凡十萬餘字得洋二百元，於是居然能夠買得，同時定購的還有勃闌兑思（Georg Brandes）的一冊《波蘭印象記》，這也給予我一個深的印象，使我對於波蘭與勃闌兑思博士同樣地不能忘記。我的文學店逐漸地關了門，除了《水滸傳》，《吉呵德先生》之外不再讀中外小說了，但是雜覽閒書，丹麥安徒生的童話，英國安特路朗的雜文，又一方面如威斯忒瑪克的《道德觀念發達史》，部丘的關於希臘的諸講義，都給我很愉快的消遣與切實的教導，也差不多全是從丸善去得來的。末了最重要的是藹理斯的《性心理之研究》七冊，這是我的啟蒙之書，使我讀了之後眼上的鱗片倏忽落下，對於人生與社會成立了一種見解。古人學藝往往因了一件事物忽然省悟，與學道一樣，如學寫字的見路上的蛇或是雨中在柳枝下往上跳的蛙而悟，是也。不佞本來無道可悟，但如說因「妖精打架」而對於自然與人生小有所了解，似乎也可以這樣說，雖然卍字派的同胞聽了覺得該罵亦未可知。《資本論》讀不懂，（後來送給在北大經濟系的舊學生杜君，可惜現在墓木已拱矣！）考慮婦女問題卻也會歸結到社會制度的改革，如《愛的成年》的著者所已說過。藹理斯的意見大約與羅素相似，贊成社會主義而反對「共產法西斯底」的罷。藹理斯的著作自《新精神》以至《現代諸問題》都從丸善購得，今日因為西班牙的反革命運動消息的聯想又取出他的一冊《西班牙之魂靈》來一讀，特別是《吉訶德先生》與《西班牙女人》兩章，重複感嘆，對於西班牙與藹理斯與丸善都不禁各有一種好意也。

人們在戀愛經驗上特別覺得初戀不易忘記，別的事情恐怕也是如此，所以最初的印象很是重要。丸善的店面經了幾次改變了，我所記得的還是那最初的舊樓房。樓上並不很大，四壁是書架，中間好些長桌上攤着新到的書，任憑客人自由翻閱，有時站在角落裏書架背後查上半天書也沒人注意，選了一兩本書要請算帳時還找不到人，須得高聲叫夥計來，或者要勞那位不良於行的下田君親自過來招呼。這種不大監視客人的態度是一種愉快的事，後來改築以後自然也還是一樣，不過我回想起來時總是舊店的背景罷了。記得也有新聞記者問過，這樣不會缺少書籍麼？答說，也要遺失，不過大抵都是小冊，一年總計才四百圓左右，多僱人監視反不經濟云。當時在神田有一家賣洋書的中西屋，離寓所比丸善要近得多，可是總不願常去，因為夥計跟得太凶。聽說有一回一個知名的文人進去看書，被監視得生起氣來，大喝道，你們以為客人都是小偷麼！這可見別一種的不經濟。但是不久中西屋出倒於丸善，改為神田支店，這種情形大約已改過了罷，民國以來只去東京兩三次，那裏好像竟不曾去，所以究竟如何也就不得而知了。

因丸善而聯想起來的有本鄉真砂町的相模屋舊書店，這與我的買書也是很有關係的。一九〇六年的秋天我初次走進這店裏，買了一冊舊小說，是匈加利育珂原作美國薄格思譯的，書名曰《髑髏所說》（*Told by the Death's Head*），卷首有羅馬字題曰，"K. Tokutomi, Tokio Japan. June 27th.1904." 一看就知是《不如歸》的著者德富健次郎的書，覺得很是可以寶貴的，到了辛亥歸國的時候忽然把它和別的舊書一起賣掉了，不知為什麼緣故，或者因為育珂這長篇傳奇小說無翻譯的可能，又或對於德富氏晚年篤舊的傾向有點不滿罷。但是事後追思有時也還覺得可惜。民八春秋兩去東京，在大學前的南陽堂架上忽又遇見，似乎它直立在那裏有八九年之久了，趕緊又買了回來，至今藏在寒齋，與育珂別的小說《黃薔薇》等作伴。相模屋主人名小澤民三郎，從前曾在丸善當過夥計，說可以代去拿書，於是就託去拿了一冊該萊的《英文學上的古典神話》，色剛姆與尼珂耳合編的《英文學史》繡像本第一分冊，此書出至十二冊完結，今尚存，唯《古典神話》的背皮脆裂，早已賣去換了一冊青灰布裝的了。自此以後與相模屋便常有往來，辛亥回到故鄉去後一切和洋書與雜誌的購買全託他代辦，直到民五小澤君死了，次年書店也關了門，關係始斷絕，想起來很覺得可惜，此外就沒有遇見過這樣可以談話的舊書商人了。本鄉還有一家舊書店郁文堂，以賣洋書出名，雖然我與店裏的人不曾相識，也時常去看看，曾經買過好些書至今還頗喜歡所以記得的。這裏邊有一冊勃闌兌思的《十九世紀名人論》，上蓋一橢圓小印朱文曰勝彌，一方印白文曰孤蝶，知系馬場氏舊藏，又一冊《斯干地那微亞文學論集》，丹麥波耶生（H. H. Boyesen）用英文所著，卷首有羅馬字題曰，"November 8th. 08. M. Ade." 則不知是哪一個阿部君之物也。兩書中均有安徒生論一篇，我之能夠懂得一點安徒生差不多全是由於這兩篇文章的啟示，別一方面安特路朗（Andrew Lang）的人類學派神話研究也有很大的幫助，不過我以前只知道格林兄弟輯錄的童話之價值，若安徒生創作的童話之別有價值則至此方才知道也。論文集中又有一篇勃闌兌思論，著者意見雖似右傾，但在這裏卻正可以表示出所論者的真相，在我個人是很喜歡勃闌兌思的，覺得也是很好的參考。前年到東京，於酷熱匆忙中同了徐君去過一趟，卻只買了一小冊英詩人《克剌勃傳》（*Crabbe*），便是丸善也只匆匆一看，買到一冊瓦格納著的《倫敦的客店與酒館》而已。近年來洋書太貴，實在買不起，從前六先令或一圓半美金的書已經很好，日金只要三圓，現在總非三倍不能買得一冊比較像樣的書，此新書之所以不容易買也。

本鄉神田一帶的舊書店還有許多，挨家的看去往往可以花去大半天的工夫，也是消遣之一妙法。庚戌辛亥之交住在麻布區，晚飯後出來遊玩，看過幾家舊書後忽見行人已漸寥落，坐了直達的電車迂迴地到了赤羽橋，大抵已是十一二點之間了。這種事想起來也有意思，不過店裏的夥計在帳台後蹲山老虎似的雙目炯炯地睨視着，把客人一半當作小偷一半當作肥豬看，也是很可怕的，所以平常也只是看看，要遇見真是喜歡的書才決心開口問價，而這種事情也就不甚多也。

廿五年八月二十七日，於北平

（選自周作人《瓜豆集》，上海：宇宙風社，1937 年）

三家書店

朱自清

倫敦賣舊書的鋪子，集中在切林克拉斯路（Charing Cross Road）；那是熱鬧地方，頂容易找。路不寬，也不長，只這麼彎彎的一段兒；兩旁不短的是書，玻璃窗裏齊整整排着的，門口攤兒上亂哄哄擺着的，都有。加上那徘徊在窗前的，圍繞着攤兒的，看書的人，到處顯得擁擁擠擠，看過去路便更窄了。攤兒上看最痛快，隨你翻，用不着「勞駕」「多謝」；可是讓風吹日曬的到底沒什麼好書，要看好的還得進鋪子去。進去了有時也可隨便看，隨便翻，但用得着「勞駕」「多謝」的時候也有；不過愛買不買，決不至於遭白眼。說是舊書，新書可也有的是；只是來者多數為的舊書罷了。

最大的一家要算福也爾（Foyle），在路西；新舊大樓隔着一道小街相對着，共佔七號門牌，都是四層，舊大樓還帶地下室——可並不是地窨子。店裏按着書的性質分二十五部；地下室裏滿是舊文學書。這爿店二十八年前本是一家小鋪子，只用了一個店員；現在店員差不多到了二百人，藏書到了二百萬種，倫敦的《晨報》稱為「世界最大的新舊書店」。兩邊店門口也擺着書攤兒，可是比別家的大。我的一本《袖珍歐洲指南》，就在這兒從那穿了滿染着書塵的工作衣的店員手裏，用半價買到的。在攤兒上翻書的時候，往往看不見店員的影子；等到選好了書四面找他，他卻從不知哪一個角落裏鑽出來了。但最值得流連的還是那間地下室；那兒有好多排書架子，地上還東一堆西一堆的。乍進去，好像掉在書海裏；慢慢地才找出道兒來。屋裏不夠亮，土又多，離窗戶遠些的地方，白日也得開燈。可是看得自在；他們是早七點到晚九點，你待個幾點鐘不在乎，一天去幾趟也不在乎。只有一件，不可着急。你得像逛廟會逛小市那樣，一半玩兒，一半當真，翻翻看看，看看翻翻；也許好幾回碰不見一本合意的書，也許霎時間到手了不止一本。

開舖子少不了生意經，福也爾的卻頗高雅。他們在舊大樓的四層上留出一間美術館，不時地展覽一些畫。去看不花錢，還送展覽目錄；目錄後面印着幾行字，告訴你要買美術書可到館旁藝術部去。展覽的畫也並不壞，有賣的，有不賣的。他們又常在館裏舉行演講會，講的人和主席的人當中，不缺少知名的。聽講也不用花錢；只每季的演講程序表下，「恭請你注意組織演講會的福也爾書店」。還有所謂文學午餐會，記得也在館裏。他們請一兩個小名人做主角，隨便誰，納了餐費便可加入；英國的午餐很簡單，費不會多。假使有閒工夫，去領略領略那名雋的談吐，倒也值得的，不過去的卻並不怎樣多。

牛津街是倫敦的東西通衢，繁華無比，街上呢絨店最多；但也有一家大書舖，叫做彭勃思（Bumpus）的便是。這舖子開設於一七九〇年左右，原在別處；一八五〇年在牛津街開了一個分店，十九世紀末便全挪到那邊去了，維多利亞時代，店主多馬斯彭勃思很通聲氣，來往的有迭更斯，蘭姆，麥考萊，威治威斯等人；舖子就在這時候出了名。店後本連着舊法院，有看守所，守衛室等，十幾年來都讓店裏給買下了。這點古蹟增加了人對於書店的趣味。法院的會議圓廳現在專作書籍展覽會之用；守衛室陳列插圖的書，看守所變成新書的貨棧。但當日的光景還可從一些畫裏看出：如十八世紀羅蘭生（Rowlandson）所畫守衞室內部，是晚上各守衞提了燈準備去查監的情形，瞧着很忙碌的樣子。再有一個圖，畫的是一七二九的一個守衞，神氣夠凶的。看守所也有一幅畫，磚砌的一重重大拱門，石板鋪的地，看守室的厚木板門嚴嚴鎖着，只留下一個小方窗，還用十字形的鐵條界着；真是銅牆鐵壁，插翅也飛不出去。

這家舖子是五層大樓，卻沒有福也爾家地方大。下層賣新書，三樓賣兒童書，外國書，四樓五樓賣廉價書；二樓賣絕版書，難得的本子，精裝的新書，還有《聖經》、祈禱書、書影等等，似乎是菁華所在。他們有初印本，精印本，著者自印本，著者簽字本等目錄，搜羅甚博，福也爾家所不及。新書用小牛皮或摩洛哥皮（山羊皮——羊皮也可仿製）裝訂，燙上金色或別種顏色的立體派圖案；稀疏的幾條平直線或弧線，還有「點兒」，錯綜着配置，透出乾淨、利落、平靜、顯豁，看了心目清朗。裝訂的書，數這兒講究，別家書店裏少見。書影是仿中世紀的抄本的一頁，大抵是禱文之類。中世紀抄本用黑色花體字，文首第一字母和頁邊空處，常用藍色金色畫上各樣花飾，典麗矞皇，窮極工巧，而又經久不變；仿本自然說不上這些，只取其也有一點古色古香罷了。

一九三一年裏，這舖子舉行過兩回展覽會，一回是劍橋書籍展覽，一回是近代插圖書籍展覽，都在那「會議廳」裏。重要的自然是第一回。牛津劍橋是英國最著名的大學；各有印刷所，也都著名。這裏從前展覽過牛津書籍，現在再展覽劍橋的，可謂無遺憾了。這一年是劍橋目下的辟特印刷所（The Pitt Press）奠基百年紀念，展覽會便為的慶祝這個。展覽會由鼎鼎大名的斯密茲將軍（General Smuts）開幕，到者有科學家詹姆士金斯（James Jeans），亞特愛丁頓（Arthur Eddington），還有別的人。展覽分兩部，現在出版的書約莫四千冊是一類；另一類是歷史部分。劍橋的書字型清晰，墨色勻稱，行款合式，書扉和書衣上最見工夫；尤其擅長的是算學書，專門的科學書。這兩種書需要極精密的技巧，極仔細的校對；劍橋是第一把手。但是這些東西，還有他們印的那些冷僻的外國語書，都賣得少，賺不了錢。除了是大學印刷所，別家大概很少願意承印。劍橋又承印《聖經》；英國准印《聖經》的只劍橋牛津和王家印刷人。斯密茲說劍橋就靠《聖經》和教科書賺錢。可是《泰晤士報》社論中說現在印《聖經》的責任重大，認真地考究地印，也只能夠本罷了。——一五八八年英國最早的《聖經》便是由劍橋承印的。

英國印第一本書，出於倫敦威廉甲克司登（William Caxton）之手，那是一四七七年。到了一五二一年，約翰席勃齊（John Siberch）來到劍橋，一年內印了八本書；劍橋印刷事業才創始。八年之後，大學方面因為有一家書紙店與異端的新教派勾結，怕他們利用書籍宣傳，便呈請政府，求英王核准在劍橋只許有三家書舖，讓他們宣誓不賣未經大學檢查員審定的書。那時英王是亨利第八；一五三四年頒給他們勅書，授權他們選三家書紙店兼印刷人，或書舖，「印行大學校長或他的代理人等所審定的各種書籍」。這便是劍橋印書的法律根據。不過直到一五八三年，他們才真正印起書來。那時倫敦各家書紙店有印書的專利權，任意抬高價錢。他們妒忌劍橋印書，更恨的是賣得賤。恰好一六二〇年劍橋翻印了他們一本文法書，他們就在法庭告了一狀。劍橋師生老早不樂意他們抬價錢，這一來更憤憤不平；大學副校長第二年乘英王詹姆士第一上新市場去，半路上就遞上一件呈子，附了一個比較價目表。這樣小題大做，真有些書呆子氣。王和諸大臣商議了一下，批道，我們現在事情很多，沒工夫討論大學與諸家書紙店的權益；但准大學印刷人出售那些文法書，以救濟他的支絀。這算是碰了個軟釘子，可也算是勝利。那呈子，那批，和上文說的那本《聖經》都在這一回展覽中。席勃齊印的八本書也有兩種在這裏。此外還有一六二九年初印的定本《聖經》，書扉雕刻繁細，手藝精工之極。又密爾頓《力息達斯》（*Lycidas*）的初本也在展覽着，那是經他親手校改過的。

近代插圖書籍展覽，在聖誕節前不久，大約是讓做父母的給孩子們多買點節禮吧。但在一個外國人，卻也值得看看。展覽的是七十年來的作品，雖沒有什麼系統，在這裏卻可以找着各種美，各種趨勢。插圖與裝飾畫不一樣，得吟味原書的文字，透出自己的機鋒。心要靈，手要熟，二者不可缺一。或實寫，或想像，因原書情境，畫人性習而異。——童話的插圖卻只得憑空着筆，想像更自由些；在不自由的成人看來，也許別有一種滋味。看過趙譯《阿麗思漫遊奇境記》裏潭尼爾（John Tenniel）的插畫的，當會有同感吧。——所展覽的，幽默，秀美，粗豪，典重，各擅勝場，琳琅滿目；有人稱為「視覺的音樂」，頗為近之。最有味的，同一作家，各家插畫所表現的卻大不相同。譬如莪默伽亞謨（Omar Khayyam），莎士比亞，幾乎在一個人手裏一個樣子；展覽會裏書多，比較着看方便，可以擴充眼界。插圖有「黑白」的，有彩色的；「黑白」的多，為的省事省錢。就黑白畫而論，從前是雕版，後來是照相；照相雖然精細，可是失掉了那種生力，只要拿原稿對看就會覺出。這兒也展覽原稿，或是鉛筆畫，或是水彩畫；不但可以「對看」，也可以讓那些藝術家更和我們接近些。《觀察報》記者記這回展覽會，説插圖的書，字往往印得特別大，意在和諧；卻實在不便看。他主張書與圖分開，字還照尋常大小印。他自然指大本子而言。但那種「和諧」其實也可愛；若説不便，這種書原是讓你慢慢玩賞的，哪能像讀報一樣目下數行呢？再説，將配好了的對兒生生拆開，不但大小不稱，怕還要多花錢。

詩籍舖（The Poetry Bookshop）真是米米小，在一個大地方的一道小街上。叫名「街」，實是一條小胡同。門前不大見車馬不説，就是行人，一天也只寥寥幾個。那道街斜對着無人不知的大英博物院；街口釘着小小的一塊字號木牌。初次去時，人家教在博物院左近找。問院門口守衞，他不知道有這個舖子，問路上戴着常禮帽的老者，他想沒有這麼一個舖子；好容易才找着那塊小木牌，真是「遠在天邊，近在眼前」。這舖子從前在另一處，那才冷僻，連裴歹克的地圖上都沒名字，據説那兒是一所老宅子，才真夠詩味，挪到現在這樣平常的地帶，未免太可惜。那時候美國遊客常去，一個原因許是美國看不見那樣老宅子。

詩人赫洛德孟羅（Harold Monro）在一九一二年創辦了這爿詩籍舖。用意在讓詩與社會發生點切實的關係。孟羅是二十多年來倫敦文學生涯裏一個要緊角色。從一九一一給詩社辦《特刊》（*Poetry Review*）起知名。在第一期裏，他説，「詩與人生的關係得再認真討論，用於別種藝術的標準也該用於詩。」他覺得能做詩的該做詩，有困難時該幫助他，讓他能做下去；一般人也該唸詩，受用詩。為了前一件，他要自辦雜誌，為了後一件，他要辦讀詩會；為了這兩件，他辦了詩籍舖。這舖子印行過《喬治詩選》（*Georgian Poetry*），喬治是現在英王的名字，意思就是當代詩選，所收的都是代表作家。第一冊出版，一時風靡，買詩唸詩的都多了起來；社會確乎大受影響。詩選共五冊；出第五冊時在一九二二，那時喬治詩人的詩興卻漸漸衰了。一九一九到二五年舖子裏又印行《市本》月刊（*The Chapbook*）登載詩歌，評論，木刻等，頗多新進作家。

讀詩會也在舖子裏；星期四晚上準六點鐘起，在一間小樓上。一年中也有些時候定好了沒有。從創始以來，差不多沒有間斷過。前前後後著名的詩人幾乎都在這兒讀過詩；他們自己的詩，或他們喜歡的詩。入場券六便士，在英國算賤，合四五毛錢。在倫敦的時候，也去過兩回。那時孟羅病了，不大能問事，舖子裏頗為黯淡。兩回都是他夫人愛立達克萊曼答斯基（Alida Klementaski）讀，説是找不着別人。那間小樓也容得下四五十位子，兩回去，人都不少；第二回滿了座，而且幾乎都是女人——還有挨着牆站着聽的。屋內只讀詩的人小桌上一盞藍罩子的桌燈亮着，幽幽的。她讀濟茲和別人的詩，讀得很好，口齒既清楚，又有頓挫，內行説，能表出原詩的情味。英國詩有兩種讀法，將每個重音咬得清清楚楚，頓挫的地方用力，和説話的調子不相像，約翰德林瓦特（John Drinkwater）便主張這一種。他説，讀詩若用説話的調子，太隨便，詩會跑了。但是參用一點兒，像克萊曼答斯基女士那樣，也似乎自然流利，別有味道。這怕要看什麼樣的詩，什麼樣的讀詩人，不可一概而論。但英國讀詩，除不吟而誦，與中國根本不同之處，外有一件：他們按着文氣停頓，不按着行，也不一定按着韻腳。這因為他們的詩以輕重為節奏，文句組織又不同，往往一句跨兩行三行，卻非作一句讀不可，韻腳便只得輕輕地滑過去。讀詩是一種才能，但也需要訓練；他們注重這個，訓練的機會多，所以是詩人都能來一手。

舖子在樓下，只一間，可是和讀詩那座樓遠隔着一條甬道。屋子有點黑，四壁是書架，中間桌上放着些詩歌篇子（Sheets），木刻畫。篇子有寬長兩種，印着詩歌，加上些零星的彩畫，是給大人和孩子玩兒的。犄角兒上一張帳桌子，坐着一個戴近視眼鏡的，和藹可親的，圓臉的中年婦人。桌前裝着火爐，爐旁蹲着一隻大白獅子貓，和女人一樣胖。有時也遇見克萊曼答斯基女士，匆匆地來匆匆地去。孟羅死在一九三二年三月十五日。第二天晚上到舖子裏去，看見兩個年輕人在和那女人司帳説話；説到詩，説到人生，都是哀悼孟羅的。話音很悲傷，卻如清泉流瀉，差不多句句像詩；女司帳説不出什麼，唯唯而已。孟羅在日最盡力於詩人文人的結合，他老讓各色的才人聚在一塊兒。又好客，家裏爐旁（英國終年有用火爐的時候）常有許多人聚談，到深夜才去。這兩位青年的傷感不是偶然的。他的舖子可是賺不了錢；死後由他夫人接手，勉強張羅，現在許還開着。

（選自《朱自清全集》一卷，南京：江蘇教育出版社，1988 年）

書林即事

唐弢

考場外面設立臨時書舖，這個風氣由來已久，另外如燈市廟會，向例也有書攤。王士禎《古夫於亭雜錄》記云：「昔在京師，士人有數謁予而不獲一見者，以告崑山徐尚書健庵（乾學），徐笑謂之曰：此易耳，但值每月三五，於慈仁寺書攤候之，必相見矣。如其言，果然。廟市賃僧廊地鬻故書，小肆皆曰攤也……」孔尚任作《燕台雜興》詩，有一首即詠此事：

> 彈鋏歸來抱膝吟，侯門今似海門深；
> 御車掃徑皆多事，只向慈仁寺裏尋。

清初北京書舖，大都在廣安門內慈仁寺一帶，每逢初一月半，往遊的人很多，臨時增設小攤，比平日更為熱鬧。慈仁寺又稱報國寺，顧炎武曾在寺裏借住，朱彝尊、何焯也常出入於此，如今遺址尚在。後來歲朝集市，改在廠甸舉行，書攤也隨着遷移，逐漸在海王村設肆。到了乾隆年間，李文藻作《琉璃廠書肆記》，提到的書舖有三十幾家，已經儼然是一條文化街了。這時正值「四庫」開館，江浙兩地販書的人，每次運載入京，也都在琉璃廠附近駐足。據翁方綱說：參加《四庫全書》編纂工作的大臣，午後自翰林院回寓，往往帶着待查待校的書單，過海王村，在書店裏來回徜徉。有些掌櫃乘間找尋門道，結納權貴，慢慢的氣焰熏天起來。光緒初年，翰林院侍講張佩綸奏劾寶名齋主人李鍾銘，說他招搖撞騙，賣官鬻爵，帶五品冠服，出入宮禁，大概並非虛語。比這稍早，還有寶文齋一件公案。相傳同治年間，五城都堂某甲路過琉璃廠，車蓋擦着寶文齋書舖的掛牌，將牌招碰了下來，店夥一哄而出，攔住不放，非要這位都堂大人親自下車掛好不可，都堂也只得從命。不過這是極個別的例子。大部分掌櫃都如《舊京瑣記》所說，寧願保持一點「書卷氣」，學學斯文樣子，決不肯當面得罪顧客。

繼李文藻之後，繆荃孫又作《琉璃廠書肆後記》，追述自同治丁卯（一八六七年）至辛亥革命一段時間內的情形。從書店本身來說，此起彼落，滄海桑田，變化的確很大；但廠橋東西，仍然是圖籍集中之地，嫏嬛風光，不減往昔，兩記在這點上沒有什麼區別。二十年後又有人作《琉璃廠書肆三記》，一九六三年五月號的《文物》上，還發表了《四記》，說明自一九一二年至解放初期，大致狀況還是如此。

前年十月，中國書店自國子監遷至廠甸，這本是合營後一件大事，我因事沒有前去參觀。去春過海王村，才知公園舊址，重經修葺，中間坐北主樓，放着善本珍籍，左右兩廂廊屋，迤邐而南，狹長如雙臂平舉，室內縱橫列架，滿眼都是圖書，近肘處各有圓閣，看書的人可以在這兒休憩。腕以下折而相向，兩肆並列，舖面臨街，一個叫做翰文齋，一個叫做文奎堂。街上除了原有的來薰閣、邃雅齋、松筠閣等之外，又多了這兩家創設於光緒年間的老店，而園內面積，幾乎抵得上二十家書舖。一時車馬盈門，看上去的確熱鬧得很。

但我覺得真能給琉璃廠帶來新氣象的，卻不是這些剛剛開闢起來的舖面，而是正在舖子裏邊活動着的人。他們已經由書賈一變而為書業工作者，重要的不是寫文章的人大筆一揮，換了稱呼，而是他們自己由衷地感覺到了這個改變的意義。書店的經營方針不同了。本來是為少數藏書家服務的，現在卻是為學術服務，為研究工作者服務，為大眾的文化需要服務；本來是秉承掌櫃的旨意，一切為了賺錢，現在卻知道了還有比錢更重要的東西。解放前經常為我送書的書店學徒，合營後重又遇到，不知怎的，對我就像一家人一樣，彷彿格外親熱起來。

由於研究項目的變動，近幾年來，我買的主要是「五四」以來的舊書，尤其是期刊。我有一種想法，要研究某一問題，光看收在單行本裏的文章是不夠的，還得翻期刊。期刊可以幫助我們了解一個時期內的社會風尚和歷史面貌，從而懂得問題提出的前因後果，以及它在當時的反應和影響。這樣，我和古書的關係比較疏遠了，每到廠甸，常去的兩家是曾經刻過《清代燕都梨園史料》的邃雅齋和補刻了續編的松筠閣，這倒不是因為我對鞠部懷有好感，因此連及書店。邃雅齋如今經營的是「五四」以後的舊書，不過好的很少，瀏覽一轉之後，如果時間許可，自不妨在附近幾家出售古書、碑帖或者箋紙的舖子裏走走，否則的話，那就往東直奔松筠閣。松筠閣專營期刊，曾有「雜誌大王」之稱的劉殿文老人，年逾七十，現在是中國書店期刊門市部主任。據說他年輕時常跑西曉市，為人配補期刊，隨見隨錄，輯有《中國雜誌知見目錄》稿本十二冊，目前每周一次，在店內講解這方面的目錄學。後起的有王中和、劉廣振等，王中和新舊版本，都有素養；劉廣振是劉殿文老人的兒子，記憶力強，對期刊知道的較多。過去頭本不零售，書店準備逐漸配全的刊物不零售，現在如果確知為研究需要，或者顧客手頭已有的期數遠遠地超過於書店所有，也肯破例成全。有些一時不易訪求的期刊，書店還能根據多年來售貨的線索，代為借用，譬如我要了解外來文藝思潮對「五四」初期文學社團的影響，需要翻檢一下綠波社、藝林社、彌灑社、駱駝社、淺草社、白露社、飛鳥社、虋棸社等主辦的刊物，就從松筠閣那兒得到了不少的幫助。

至於單行本書，我所需要的大部分得自東安市場。除了廠甸之外，隆福寺、西單商場、東安市場都有中國書店的分號，兼營着線裝古書和「五四」以來的舊書。星期假日，誰如果願意把時光消磨在裏邊，慢慢翻檢，也常有好書可得。東安市場還經常按照機構和個人的需要，代留一些書籍，先送書至家，由買主挑定後再開發票，這樣既有選擇餘地，又可從容核對，避免與已有的重複，完全是一種為顧客着想的好辦法。給我送書的王玉川，大家叫他小王，解放前在春明書店當學徒，為人勤勉誠實，知道顧客要買什麼新書，本來不是他份內的事，也願意犧牲自己的休息時間，千方百計地代為買到。近年以來，我得了心臟病，養成早起習慣，燕都入夏，晨涼如水，趁着朝暾未上，時而策杖街頭。有好幾次，看到小王騎着自行車，車座上馱滿書籍，在清晨的幾乎是洗過一樣的長安街上，疾馳而去，很快地消失在遠處的綠樹蔭裏。我心裏不免充滿讚嘆:這麼早，這個年輕的傳播文化的使者，又在執行他的任務了。

寫着寫着，想不到竟從書房寫到街頭去了，這在文章來說實是一種破格——也就是不成章的意思。關於北京書市，前人已經寫過不少詩文，記得最受讚揚和常被引用的，好像是潘際雲的一絕：

細雨無塵駕小車，廠橋東畔晚行徐。
奚童私向輿夫語：莫典春衣又買書。

典衣買書，原是會有的事，但一定要讓奚童與輿夫私語，終不免帶點大老爺口氣。直白地說，我不喜歡這首詩，這大概也是自己只能寫些破格的文章的緣故吧。前後一數，共計八篇，因謂之「八記」云。

（選自《晦庵書話》，北京：三聯書店，1980 年）

琉璃廠

黃裳

三年前來北京，住了十天。琉璃廠也去過一次，不過只是匆匆地走了一轉，前後一總不過半小時。後來曾在一篇文章中説起，那次來京，沒有買到一本舊書，沒有聽過一次京戲，覺得可惜。不料這句話被朋友記住了。這次他特地到吉祥去買了兩張票，又約我吃過中飯一起到琉璃廠去看舊書。使我一下子彌補了三年前的兩種缺憾，真是值得感謝。

六月初的驕陽已經很有點可怕了。馬路平直而寬闊，不過路邊的行道樹卻稀疏而矮小，提供不了多少綠蔭。走過全聚德烤鴨樓大廈，走過魯迅先生當年演講過的地方——師大院外高牆，隨後發現了一座有如小型汽車加油站似的「一得閣」墨汁店。加緊腳步，好不容易才奔到了琉璃廠。看見在榮寶齋對面正加緊恢復興建原有書舖的門面與店房。「邃雅齋」和「來薰閣」的原址都已出現了青磚砌成的舖面，除了柱子是水泥構件以外，其他似乎都保存了原貌。櫥窗鑲上了精細鏤花的木框，還沒有油漆。這一切看了使人高興，在大太陽底下也不禁佇立了好半響。

接着我們就走進了中國書店。朋友和在這裏工作的兩位老店員相熟，我們被邀坐下來喝茶、看書、談天。這一切都還能使人依稀想見當年琉璃廠的風貌。不過幾十年過去，一切到底已經不再是從前的舊樣了。

翻翻零本舊書，居然也買到了幾冊，沒有空手而歸。

《百喻經》二卷，一九一四年會稽周氏施銀托金陵刻經處刻本。這是有名的書。三十七年前我在南京曾親自跑到刻經處買過一本，不過已是新印，印刷、紙張都遠不及這一本。但這是否就是原跋所稱最初印的「功德書一百本」之一，卻也難説，但初印則是無疑的。

此書已由江蘇人民出版社印行，是為紀念魯迅誕辰一百周年而重印的，而且有兩種版本。但到底都不如這原刻的可愛。也許這就是為許多人所嘲笑的「古董氣」，不過我想多少有一點也不要緊。

《悲盦居士文存一卷，詩剩一卷》。趙之謙撰。光緒刻本。作為書畫金石家，趙撝叔的聲譽近來是空前地高漲了，印譜、畫集都出版了不少。但他的詩文卻極少為人所知。這雖然不過是光緒刻本，但並不多見，「詩剩」我還是第一次見到。薄薄的一本詩集，中間卻有不少史料。太平天國攻下杭州，趙之謙逃到溫州，這樣，「辛酉以後詩」中就往往有記兵事和亂離情景的篇章，小注記事尤祥。「二勸」詩並前序記平陽「金錢會」與瑞安團練「白布會」鬥爭情形甚詳盡，是珍貴的史料。當然趙之謙是站在清朝官方一邊的，他對太平天國的議論自然可想而知。

使我驚異的是，趙之謙對呂晚村也深惡痛絕，沒有別的理由，只因呂是雍正帝欽定「罪大惡極」的「逆案」首要。詩注説，「南陽講習堂，留良居室也。籍沒後犁為田。今則荒煙蔓草矣。」這是呂晚村故居的結局。詩注又説，「然理學大儒合之謀反大逆，言行不相顧，不應至斯極也。往居都下，見書攤上有鈔本留良論學書數篇，邵陽魏君源加墨其上，言留良人當誅，言不可廢。余不謂然，取歸摧燒之。」

這種推理方法與行動今天看來都是奇怪的。在趙撝叔看來，「理學大儒」必然應該也是忠臣，如與這模式不合，就是「言行不相顧」了。當然更不必追究逆案的是非曲直。這是從典型的僵化頭腦中產生的思想，是極有價值的一種標本。魏源就和他大不同，雖然不能不承認「其人當誅」，但卻肯定了其人的思想，至少他明白兩者之間應有區別。但趙之謙不能同意，取來一把扯碎燒掉了。這種行為簡直不像是一個藝術家幹得出來的。思想僵化之後就有可能化為鹵莽滅裂以至瘋狂，這裏就是一個好證據。

像這樣的舊書，是算不得「善本」的，但買到之後還是感到喜歡。這大概就是所謂「書癖」了吧。不用說更早，就是五十年代，像這樣的書也多半沒有上架的資格，它們大抵睡在地攤上。三十年來，琉璃廠（以至全國）舊書身價的「升格」是驚人的，根本的原因是舊書來源之瀕於絕跡。這在我們的閒談中也是觸及了的，書的來源日漸稀少，這與全國機關學校大小圖書館的搜購有關。經營舊書的從業者也大大零落。僅有的一兩位老同志都已白髮盈顛，接班人則還沒有成批成長起來，青年同志對這一「寂寞」的行業也缺乏熱情。談話中彼此都不免感到有點沉重，但也想不出什麼「妙策」。

前一天正好訪候了周叔弢先生。九十三歲的高齡了，他的精神依舊極好，眼睛能看小字，記憶力也一點都沒有衰退。只是耳朵有點背了。只要一提起書來，還是止不住有許多話想說，他說的自然都是「老話」，但有許多是值得思索的。

他聽説琉璃廠在重建了，非常高興。但又擔心，這些老字號恢復以後，有沒有供應市場充足的貨色，有沒有精通業務的從業員，讀者、買書人能不能從琉璃廠獲得過去那種精神、物質上的滿足，好像都是問題。

典籍、文物、藝術品、紙墨筆硯……，這些都不是單純的商品，過去讀者逛琉璃廠也不只是為了來買書。我想，我們至今還沒有足夠的、標準的、門類齊全的圖書館、博物館，但在過去，我們卻有很好的替代物。例如，人們到琉璃廠來在某種意義上說是奔向一所龐大的、五彩繽紛的愛國主義大學校、展覽館。不只能看，還能盡情欣賞、摩挲品味，可能時還能買回去。這是一座文化超級市場，門類之廣博，品種之豐富，新奇貨色的不時出現，對尋求知識的顧客帶有強烈的誘惑。這一切，今天的博物館、書店……一切文化設施都不可能完全代替。人們在這裏得到知識，還受到傳統精神文明的薰染、教養；封建文化中有精華也有糟粕，但歸根結底愛國主義內容的比重是佔着重要地位的。

過去人們到琉璃廠的書舖裏來，可以自由地坐下來與掌櫃的談天，一坐半日，一本書不買也不要緊。掌櫃的是商人也是朋友，有些還是知識淵博的版本目錄學家。他們是出色的知識信息傳播者與諮詢人，能提供有價值的線索、蹤跡和學術研究動向，自然終極目的還是做生意，但這並非唯一的內容。至少應該說他們做生意的手段靈活多樣，又是富於文化氣息的。

在書店裏灌了幾碗茶，依舊救不了燥渴，這時就不禁想到在左近曾有過一家「信遠齋」。小小的屋子，門上掛着門簾，屋裏有擦得乾乾淨淨的舊八仙桌、方凳，放在角落裏的幾隻盛酸梅湯的瓷缸。那涼沁心脾、有桂花香氣、厚重得有如琥珀的酸甜汁水，真是想想也會從舌底沁出津液來。那不過是用「土法」冰鎮的，但在我的印象裏卻覺得無論怎樣先進的冷凍設備都不可能達到同樣的效果。也許關鍵不只在「冷」，選料、配方、製造也有極大的關係。這樣的「湯」吃了兩碗以後就再也喝不下了，真是「三碗不過崗」。酸梅湯現在是到處可見了，人們一致公認這是好東西，還製成了鹵、粉、汽水……，但好像都與信遠齋的味道有些兩樣。

不久前在銀幕上曾出現過一批以北京地方為背景的作品，其中有些是相當突出的優秀製作。《茶館》、《駱駝祥子》、《城南舊事》、《如意》、《知音》……。廣大觀眾對此表現了濃厚的興趣。能不能把這看作一種「懷舊」的風呢？從現象上看好像很有點像。但這與好萊塢曾掀起過的懷舊浪潮並不就是一碼事。像這樣的社會文化現象的出現，那原因往往是非常複雜的。過去的事物中確有值得懷念的東西，歷史不能割斷，記憶難以遺忘，這是極自然的。不同人對同一事物的看法則大不相同，好惡也兩樣。往往許多人都喜歡某種東西，但取捨之點並不一致。魯迅也是愛逛琉璃廠的，但與某些遺老遺少就全然不同。魯迅北來也到過信遠齋，買的是蜜餞，那是因為天冷了，酸梅湯已經落市了的緣故。

從幾十年前起，在北京這地方就一直有許多人在不斷地「懷舊」。遺老們懷念他們的「故國」，軍閥徒黨懷念他們的「大帥」，……隨着歲月的推移，這中間很換了不少花樣。但這與住在北京的普通老百姓的牽連則不大。比較複雜的是作為文化積累的種種事物。有幾百年歷史的名城，這種積累是大量的、豐富的。好吃的菜餚、點心，大家都愛吃；故宮、北海……旅遊者也一致讚嘆。吃着「仿膳」的小窩窩頭而緬懷慈禧皇太后的，今天怕已沒有；遊昆明湖而寫出弔隆裕皇太后的《頤和園詞》的王國維，也早已跳進湖裏死棹了。總之，許多事物，在今天已只因其現實意義而為人民所記住，多時不見了就懷念。至於這些事物產生發展的政治歷史背景，一般人是不大注意的，或簡直忘卻。這是完全不同的一種「懷舊」，與任何時代的遺老遺少都扯不到一起去。

研究近代文化史文學史的專家，還沒有把注意力更多地集中到近幾十年以北京為中心產生的許多文化現象上，其實我倒覺得這是頗重要的，是了解新文化運動的產生與發展必不可少的環節。

以譚鑫培為代表的譚腔、以程硯秋為代表的程腔，為什麼先後在北京這地方風靡了一世，我想這和當時的政治局勢、人民心理都有極密切的關係。他們創造的新腔，正好表現了人民抑鬱、憤激的複雜心情，新腔的特點是低迴與亢奮的交錯與統一。舊有的聲腔，無論是黃鐘大呂或響遏行雲都已無法加以宣泄了。譚、程的聲腔是不同的，這些差異也正好細緻地反映了他們所處不同時代的細微變化。

以黃晦聞（節）為代表的新型宋詩流派，或「同光體」的發展繼續，也可以看作一種時代的聲音。梁啟超喜歡集宋詞斷句作對聯，同時搞這花樣的還有一大批人。如其中有名的一聯「更能消幾番風雨，最可惜一片江山」，就不能看作簡單的文字遊戲。它道出了住在北方的中國人的普遍心情。姚茫父（華）曾為琉璃廠的南紙店畫過一套小小的箋樣，每幅選吳文英詞句，用簡練的線條加以表現，我以為也不失為傑出的作品。畫面境界的蕭瑟荒寒，不只表現了畫家自己同時也是人民的情懷。

三十年代林語堂編的《宇宙風》上，發表過不少記載北京風土、人情的文字，後來匯成了一本《北平一顧》，這應該說是有代表性的典型懷舊之作。過去我一直覺得這是沒有積極意義的小品文、小擺設，發抒的是沒落的感情與趣味。但後來想，這些文字都作於「九一八」與「七七」之間，那正是北平幾乎已被國民黨政府放棄了的時候，那麼，這些文字就不能簡單地劃入閒適小品，而應更深入地體會那紙背的聲音。

在那段時期，像這樣的社會文化現象並不是個別的、孤立的。綜合起來就能較為全面地反映人民的內心活動。在許多藝術家或並非藝術家說來，這就是他們反映社會現實的獨特方法。

時代發展、社會變革必然要使許多事物化為陳跡，這有時是不可避免的、理所當然的。其中也有一些是還應該存留、或以新的面貌恢復存在的。無論是哪一種情形，我們都應該加以分析、研究，為之作出可信的歷史總結。這將為我們帶來很大的好處。從而保持必要的清醒，不致陷入糊塗的、低級趣味的懷舊的泥坑，也可避免做出可笑的蠢事。對社會上存在或曾經存在過的一切事物，人們都必須表態，迴避不了。而這正是對人們思想是否健康、成熟的一種考驗。

一九八三、六、十

（選自《珠還記幸》，北京：三聯書店，1985 年）

城隍廟的書市

阿英

熟悉上海的人，都知道城隍廟，每天到那裏去的人是很多很多，有的帶了子女，買了香燭，到菩薩面前求財乞福。有的卻因為那裏是一個百貨雜陳，價錢特別公道的地方，去買便宜貨。還有的，可說是閒得無聊，跑去散散心，喝喝茶。至於帝國主義者，當然也要去，特別是初到中國來的；他們要在這裏考察中國老百姓的落後風俗習慣，以便在《印象記》一類書裏進行嘲笑、侮辱。我也常常的到城隍廟，可是我卻另有一種不同於他們的目的，說典雅一點，就是到舊書舖裏和舊書攤上去「訪書」。

我說到城隍廟裏去「訪書」，這多少會引起一部分人奇怪的，城隍廟那裏，有什麼書可訪呢？這疑問，是極其有理。你從「小世界」間壁街道上走將進去，就是打九曲橋兜個圈子再進廟，然後從廟的正殿一直走出大門，除開一爿賣善書的翼化善書局，你實在一個書角也尋不到。可是，事實沒有這樣簡單，要是你把城隍廟的拐拐角角都找到，玩得幽深一點，你就會相信城隍廟不僅是百貨雜陳的商場，也是一個文化的中心區域。有很大的古董舖、書畫碑帖店、書局、書攤、說書場、畫像店、書畫展覽會，以至於圖書館，不僅有，而且很多。對於這一方面，我是相當熟習的，就讓我來引你們暢遊一番吧。

我們從小世界說起。當你走進間壁的街道，你就得留意，那兒是第一個「橫路」，第一個「灣」。遇到「灣」了，不要向前，你首先向左邊轉去，這就到了一條「鳥市」;「鳥市」，是以賣鳥為主，賣金魚、賣狗，以至賣烏龜為副業的街。你閒閒的走去，聽聽美麗的鳥的歌聲，鸚哥的學舌，北方口音和上海口音的論價還錢，同時留意兩旁，那麼，你穩會發現一家東倒西歪的，叫做飽墨齋的舊書舖。走進店，左壁堆的是一直抵到樓板的經史子集；右壁是東西洋的典籍，以至於廣告簿；靠後面，是些中國舊雜書；二十年來的雜誌書報，和許多重要又不重要的文獻，是全放在店堂中的長枱子上，這枱子一直伸到門口；在門口，有一個大木箱，也放了不少的書，上面插着紙籤——「每冊五分」。你要搜集一點材料嗎？那麼，你可以耐下性子，先在這裏面翻；經過相當的時間，也許可以翻到你中意的，定價很高的，甚至訪求了許多年而得不着的，自然，有時你也會化了若干時間，弄得一手髒，而毫無結果。可是，你不會吃虧。在這「翻」的過程中，可以看到不曾見到、聽到過的許多圖書雜誌，會像過眼雲煙似的温習現代史的許多斷片。翻書本已是一種樂趣，而況還有一些意想不到的收穫呢？中意的書已經拿起了，你別忙付錢，再去找枱子上的。那裏多的是整套頭的書，《創造月刊》合訂本啦，第一卷的《東方雜誌》全年啦，《俄國戲曲集》啦，只要你機會好，有價值的總可以碰到，或者把你殘缺的雜誌配全。以後你再向各地方，書架上，角落裏，桌肚裏，一切你認為有注意必要的所在，去翻檢一回，掌櫃的決不會有什麼誤會和不高興。最後耗費在這裏的時間，就是講價錢了，城隍廟的定價是靠不住的，他「漫天開價」，你一定要「就地還錢」，慢慢的和他們「推敲」。

要是你沒有中意的，雖然在這裏翻了很久，一點不礙的，你盡可撲撲身上的灰，很自然的走開，掌櫃有時還會笑嘻嘻的送你到大門口。

在舊書店裏，徒徒的在翻書上用工夫，是不夠的，因為他們的書不一定放在外面，你要問：「老闆，你們某一種書有嗎？」掌櫃的是記得清自己的書的，如果有，他會去尋出來給你看。要是沒有，你也可以委託他尋訪，留個通信處給他。不過，我說的是指的新書，要是好的版本，甚至於少見的舊木板書，那就要勸你大可不必。因為藏在他們架上的木板書雖也不少，好的卻百不得一。收進的時候，並不是沒有好書，這些好書，一進門就會被三、四馬路和他們有關係的舊書店老闆挑選了去，標上極大的價錢賣出，很少有你的份。但偶爾也有例外。說一件往事吧。有一回，我在四馬路受古書店看到了六冊殘本的《古學彙刊》，裏面有一部分我很想看看，開價竟是實價十四元，而原定價只有三元，當然我不買。到了飽墨齋，我問店夥，「《古學彙刊》有嗎？」他想了半天，跑進去找，竟從灶角落裏找了二十多冊來，差不多是全部多了。他笑嘻嘻的說：「本來是全的，我們以為沒有用，扔在地下，爛掉幾本，給丟了。」最後講價，是兩毛錢一本。這兩毛一本的書，到了三、四馬路，馬上就會變成兩塊半以上，真是有些惡氣。不過這種機會，是畢竟不多的。

帶住閒話吧。從飽墨齋出來，你可以回到那個「灣」的所在，向右邊轉。這似乎是條「死路」，一面是牆，只有一面有幾家小店，巷子也不過兩尺來寬。你別看不起，這其間竟有兩家是書舖，叫做葆光的一家，還是城隍廟書店的老祖宗，有十幾年悠長的歷史呢。第一家是菊齡書店，主要的是賣舊西書，和舊的新文化書，木板書偶爾也有幾部。這書店很小，只有一個兼充店夥的掌櫃，書是散亂不整。但是，你得尊重這個掌櫃的，在我的經歷中，在城隍廟書市內，只有他是最典型，最有學術修養的。這也是説，你在他手裏，不容易買到賤價書，他識貨。這個人很歡喜發議論，只要引起他的話頭，他會滔滔不絕的發表他的意見。譬如有一回，我拿起一部合訂本的《新潮》一卷：「老闆，賣幾多錢？」他翻翻書：「一隻洋。」我説：「舊雜誌也要賣這大價錢嗎？」於是他發議論了：「舊雜誌，都是絕版的了，應該比新書的價錢賣得更高呢。這些書，老實説，要買的人，我就要三塊錢，他也得挺起胸脯來買；不要的，我就要兩隻角子，他也不會要，一塊錢，還能説貴麼？你別當我不懂，只有那些墨者黑也的人，才會把有價值的書當報紙賣。」爭執了很久，還是一塊錢買了。在包書的時候，他又忍不住的開起口來：「肯跑舊書店的人，總是有希望的，那些沒有希望的，只會跑大光明，哪裏想到什麼舊書舖。」近來他的論調卻轉換了，他似乎有些傷感。這個中年人，你去買一回書，他至少會重複向你説兩回：「唉！隔壁的葆光關了，這真是可惜！有這樣長歷史的書店，掌櫃的又勤勤懇懇，還是支持不下去。這個年頭，真是百業凋零，什麼生意都不能做！不景氣，可惜，可惜！」言下總是不勝感傷之至，一臉的憂鬱，聲調也很淒楚。當我聽到「不景氣」的時候，我真有點吃驚，但馬上就明白了，因為他的帳桌上，翻開了的，是一本社會科學書，他不僅是一個會做生意的掌櫃，而且還是一個孜孜不倦的學者呢！於是，我感到這位掌櫃，真彷彿是現代《儒林外史》裏的異人了。

聽了菊齡書店掌櫃的話，你多少有些悵惘吧？至少，經過間壁葆光的時候，你會稍稍的停留，對着上了板門而招牌仍在的這慘敗者，發出一些靜默的同情。由此向前，就到了九曲橋邊。這裏，有大批的劣貨在叫賣，有業「西洋景」的山東老鄉，把裸體女人放出一半，搖着手裏的板鈴，高聲的叫「看活的」，來招誘觀眾。你可以一路看，一路聽，走過那有名的九曲橋，折向左，跑過六個銅子一看的怪人的把戲場，一直向前，碰壁轉灣——如果你不碰壁變轉灣，你會走到廟裏去的。轉過灣，你就會有「柳暗花明」之感了。先呈現到你眼簾裏的，會是幾家鏡框店，最末一家，是發賣字畫古董書籍的夢月齋。你想碰碰古書，不妨走進去一看，不然，是不必停留的。沿路向右轉，再通過一家規模宏大的舊書店，一樣的沒有什麼好版本的書店，跑到護龍橋再停下來。護龍橋，提起這個名字，會使你想到蘇州的護龍街。在護龍街，我們可以看到一街的舊書店，存古齋啦，藝芸閣啦，欣賞齋啦，來青閣啦，適存齋啦，文學山房啦，以及其他的書店，刻字店。護龍橋，也是一樣，無論是橋上橋下，橋左橋右，橋前橋後，也都是些書店、古玩店、刻字店。所不同於護龍街者，就是在護龍街，多的是「店」，而護龍橋多的是「攤」；護龍街多的是「古籍」，護龍橋多的是「新書」；護龍街來往的，大都是些「達官貴人」，在護龍橋搜書的，不免是「平民小子」；護龍街是貴族的，護龍橋卻是平民的。

現在，就以護龍橋為中心，從橋上的書攤說下去吧。這座橋的建築形式，和一般的石橋一樣，是弓形的，橋下面流着污濁的水。橋上賣書的大「地攤」，因此，也就成了弓形。一個個盛洋燭火油的箱子，一個靠一個，貼着橋的石欄放着，裏面滿滿的塞着新的書籍和雜誌，放不下的就散亂的堆鋪在地下。每到吃午飯的時候，這類的攤子就擺出了，三個銅子一本，兩毛小洋一扎，貴重成套的有時也會賣到一元、二元。在這裏，你一樣的要耐着性子，如果你穿着長袍，可以將它兜到腰際，蹲下來，一本一本的翻。這種攤子，有時也頗多新書，同一種可以有十冊以上。以前，有一個時期，充滿着真美善的出版物，最近去的一次，卻看到大批的《地泉》和《最後的一天》了，這些書都是嶄新的，你可以用最低的價錢買了下來。比「地攤」高一級的，是「板攤」，用兩塊門板，上面放書，底下襯兩張小矮凳，買書的人只要彎下腰就能揀書。這樣的「板攤」，你打護龍橋走過去，可以看到三四處；這些「攤」，一樣的以賣新雜誌為主，也還有些日文書。一部日本的一元書，兩毛錢可以買到；一部《未名》的合訂本，也只要兩毛錢。《小說月報》，三五分錢可以買到一本；這裏面，也有很好的社會科學書，歷史的資料。我曾經用十個銅子在這裏買了兩部絕版的書籍：《五四》和《天津事變》，文學書是更多的。這裏不像「地攤」，沒有多少價錢好還。和這樣的攤對擺的，是測字攤，緊接着測字攤就有五家「小書舖」，所謂「小書舖」，是並沒有正式門面，只是用木板就河欄釘隔起來的五六尺見方，高約一丈的「隔間」。這幾家，有的有招牌，有的根本沒有，裏面有書架，有貴重的書，主要的是賣西書。不過這種人家，無論西書抑是中籍，開價總是很高，商務、中華、開明等大書店的出版物，照定價打上四折，是頂道地，你想再公道，是辦不到的；雜誌都移到「板攤」上賣，這裏很難見到。我每次也要跑進去看看，但除非是絕對不可少的書籍，在這裏買的時候是很少的。這樣書舖的對面，是兩三家的碑帖舖，我與碑帖無緣，可說是很少來往。在護龍橋以至於城隍廟的書區裏，這一帶是最平民的了。他們一點也不像三、四馬路的有些舊書舖，注意你的衣冠是否齊楚，而且你只要腰裹有一毛錢，就可以帶三二本回去，做一回「顧客」；不知道只曉得上海繁華的文人學士，也曾想到在這裏有適應於窮小子的知識慾的書市否？無錢買書，而常常在書店裏背手對着書籍封面神往，遭店夥輕蔑的冷眼的青年們，需要看書麼？若沒有圖書館可去，或者需要最近出版的，就請多跑點路，在星期休假的時候，到這裏來走走吧。

由此向前，沿着石欄向左兜轉過去，門對着另一面石欄的，有一家叫做學海書店的比「板攤」較高級的書舖，裏面有木板舊書，有科學，有史學，哲學，社會科學，文學書；門外的石欄上，更放着大批的「鴛鴦蝴蝶派」的書。你也可以花一些時間，在這裏面瀏覽瀏覽，找找你要買的書。不過，他們的書，是不會像攤上那麼賤賣的。一部絕版的《新文學史料》，你得花五毛錢才能買到，一部《海濱故人》或是《天鵝》，也只能給你打個四折。在這些地方，你還有一點要注意，如果有一本書名字對你很生疏，著作人的名字很熟習，你不要放過它。這一類的書，大概是別有道理的。外面標着郭沫若著的《文學評論》（是印成的），裏面會是一本另一個人作的《新興文學概論》。外面是黃炎植的《文學傑作選》，裏面會是一部張若英的《現代文學讀本》。外面是蔣光慈的什麼女性的日記，裏面會是一冊絕不是蔣光慈著的戀愛小說。外面是一個很腐朽的名字，裏面會是一部要你「雪夜閉門」讀的書，至於那些脫落了封面的，你一樣的要一本一本的翻，也許那裏面就有你求之不得的典籍。離開這家書舖，沿店舖向右轉進去，在這凹子裏，又有一家叫做粹寶齋的店。這書店設立的不久，書也不多，木板舊籍也很少，但辛亥革命前後的歷史文獻卻極多，而且很多罕見的。如果你是研究近代文史的，這粹寶齋你就必得到到，但要想買到新文學的文獻，或者社會科學書，是很難以如願的。看過這家書店，你可以重行過橋了，過橋向右折，是一個長闊的走廊，裏面有一個賣雜書的「書攤」，出了「廊」，仍歸回到了夢月齋的所在。到這時，護龍橋的書市，算你逛完了，但是，此行你究竟買到幾冊書呢？

跟着潮水一般的遊客，你去逛逛城隍廟吧。各種各樣的店舖，形形色色的人群，你不妨順便的去考察一番。隨着他們走進城隍廟的邊門，先看看最後一進的城隍娘娘的卧室，兩廊用布畫像代塑佛的二殿，香煙迷漫佛像高大的正殿，虔誠進香的信男信女，看中國婦女如何敬神的外國紳士，充滿了「海味」的和尚，在這裏認識認識封建勢力，是如何仍舊的在支配着中國的民眾，想一想我們還得走過怎樣艱苦的道程，才能走向我們的理想。然後，你可以走將出去，轉到殿外的右手，翻一翻城隍廟唯一的把雜誌書籍當報紙賣的「書攤」。這「書攤」，歷史也是很長的了，是一個曲尺的形式的板架，上面堆着很多的中外雜誌和書。我再勸你耐下性子，不要走馬看花似的，在這裏好好的翻一翻，而且在你翻的時候，你可以旁若無人的把看過的堆作一堆，要買的放在一起，馬馬虎虎的把揀剩的堆子攤匀一下。賣書的是一個很和氣的人，無論你怎麼翻，怎麼揀，他都沒有説話，只是在旁邊的茶桌上和幾個朋友談天説地，直到你喊「賣書的」，他才笑嘻嘻的走了過來。在還價上，你也是絕對的自由，他要拾個銅子，你還他一個，也沒有慍意，只是説太少。講定了價，等到你付錢，發現缺少幾個，他也沒有什麼，還會很客氣的向你説，「你帶去看好了，錢不夠有什麼關係，下次給我吧。」他是如此的慷慨。這裏的書價是很賤，一本剛出版的三四毛錢的雜誌，十個銅子就可以買了來，有時還有些手抄本，東西典籍之類。最使我不能忘的，是我曾經在這裏買到一部黃愛龐人銓的遺集。

城隍廟的書市並不這樣就完。再通過迎着正殿戲台上的圖書館的下面，從右手的門走出去，你還會看到兩個「門板書攤」。這類書攤上所賣的書，和普通門板攤上的一樣，石印的小說，《無錫景》、《時新小調》、《十二月花名》之類。如果你也注意到這一方面的出版物，你很可以在這裏買幾本新出的小書，看看這一類大眾讀物的新的傾向，從這些讀物內去學習創作大眾讀物的經驗，去決定怎樣開拓這一方面的文藝新路。本來，在城隍廟正門外，靠小東門一頭，還有一家舊書舖，這裏面有更豐富的新舊典籍，「一二八」以後，生意蕭條，支持不下，現在是改遷到老西門，另外經營教科書的生意了。如果時間還早，你有興致，當然可以再到西門去看看那一帶的舊書舖；但是我怕你辦不到，經過二十幾處的翻檢，你的精神一定是很倦乏了……

一九三四年

（選自《夜航集》，上海：創作書社、上海良友圖書印刷公司，1935 年）

西門買書記
城隍廟的書市續篇

阿英

只要身邊還剩餘兩元錢，而那一天下午又沒有什麼事，總會有一個念頭向我襲來，何不到城裏去看看舊書？於是，在一小時或者半小時之後，我便置身在那好像是自己的「樂園」似的舊書市場之中了。有一兩家的店夥，當他們看到我時，照例的要說一句：「X先生，好幾天不進城了。」「新近收到什麼書嗎？」我也照例的問。不過，在最近，失望的次數，是比較多的，除去一冊周氏弟兄在日本私費印的《域外小說集》，沒有得到特別使我滿意的書。「為什麼沒有新的來呢？」看過了架上的書，自己感到失望以後，總歡喜這樣的追究。他們的回覆也總是：「唉！現在是不比前幾年了，進得多，賣得快。有還是有的，但是我們不敢多收。」這話是很實在。就拿城隍廟的舊書市場來說，在《城隍廟的書市》中，曾經對停業的鄰人表示無限惋惜的菊齡書店主人，也就不得不受不景氣的影響而停業呢。「沒有生意」，「清淡極了」，現在走到哪裏去，時時飛過耳畔的，不外是這一類的話。然而沒有法，嗟嘆儘管嗟嘆，既沒有別的方法，只有慢慢地忍受下去。結果，便成了如此的不死不活的狀態了。

雖然沒有以前那樣的「好書時時見」，若果常常的去，也還能有所得。店舖雖然愈趨衰落，石橋上的攤子，還好像一折書的大賤賣，卻日日在那裏「新陳代謝」。這些書攤，拿四馬路的新書店來說，是屬於「薄利傾銷」的一類。在這裏，可以用十五個銅子買一本尋了很久的雜誌，兩毛錢買到一部將近十年的雜誌合訂本，或者新的禁書。我從這裏收到的重要資料，記憶所及，就有《民潮七日記》等等。而幾毛錢買到《洪水》二卷的合訂本，也是有過的事。和我以前所說的一樣，只是看機會如何而定。攤家的生活大概是很苦的，薄利傾銷，利已經是不多，而一遇到陰雨連潮的時候，更是不能做生意，只有坐吃。也有一兩家兼售古書了，但他們不認識貨，開價往往是胡天胡地，就是遇到殘本，也視若拱璧，實際上並不是什麼難得到的本子。我每次到了那裏以後，總會有第二個念頭襲來，不景氣是到了城隍廟的舊書攤了。從那裏走到廟前，燒香拜佛的人，也會使人感到日漸的少，沒有往日那樣的旺盛。世有城隍廟的張宗子麼？我想寫《城隍廟夢憶》，現在也是到了時候了。

經過長時間的疲勞，有些感到了餓。走到廟前，便又照例的踱那在右手的食物店，便休息，便檢查一回所買到的書，吃一毛錢的進酒米圓。時間還早，向哪兒去呢？靠東頭的一家舊書店是停業了。於是我再走向西門。只要有二十個子，洋車就可以乘到蓬萊市場。在臨近市場，博物館轉角的地方，如果發現那天有舊書攤的時候，我總是下車看一看，不然，就讓車子一直拉到目的地。走到市場裏面，先看看賣古舊書的傳經堂，這是上海舊書店書價最便宜的一家。要是那一天對於古舊書的訪求沒有什麼興味，就走出右手的邊門，彎到場外靠西頭的一條橫馬路上去。這裏有的是地攤，一處兩處，五處六處，有賣舊書的，也有賣一折書的。這裏的書價，比之城隍廟，也許要大一點，但不會使人失望，一樣的常常有難得的書。我的一部《中國青年》合訂本，幾年前被一個朋友燒了，今年我在這裏又買到，價錢也只兩毛一本。這賣書的人很知趣，當我買了這部書，他就問：「先生，我還有一部禁掉的《新青年》，你要麼？」我知道他有些門檻。「在哪裏？」我問。他說：「在家裏，你先生要的話，我們可以約定日子，我帶到這裏來。」像這樣的事，我不知道遇過幾次。有時他們沒有，但只要委託他們代找，他們是會到處為你去尋訪的。

沿着到西門的電車軌道走吧。這一帶沒有地攤，然而多的是新舊書店，招牌我沒有抄下來，我不能一一的告訴你。但能以說的，就是這地方也有難買到的書，甚至有偷來賣的剛出版的書。問題是書價不會很低，新的總得六折，舊的也要三四折不等。因為西門是一個學校區，教科書特別的多，幾家大書舖裏尤其多。我對這條街沒有什麼好感，過門不入，是常有的事。不道，西門的書市，到這裏並沒有完，於是再走向辣斐德路，新建築的道上。這裏連續有幾個書攤，比過去的那幾個區域貧乏。但要買一點維新以後的小說的話，不妨停在這裏撈撈。可以買到最初在中國出現的托爾斯泰的小說，《小說林》一類的小說期刊，新的章回小說之類。古舊書也有，只是好的千不得一。再向前進，如果天色還早的話，走不到多少路，會看到在一條橫馬路上，堆滿着人，排列着各色各樣的地攤。就從這裏向北，就到了上海有名的「黑市」，要買些文房四寶，不妨在這裏尋覓。要買書架、書桌，也可以在這裏買。雖沒有真正端溪硯，他們開價到六七元的好硯，也可以找出幾方。還有，就是有幾個地攤，也在賣舊書。不過這裏有的舊書，大都是兒童讀物，鴛鴦蝴蝶派小說。走完了這條路，再回到辣斐德路向前，走不到貝勒路口，這兒是存在着這條馬路上最後的一爿舊書店。到這時，燈總會來火了，腋下的書，大概也挾得不少了，「回家」一個念頭，又會馬上襲來。但在喊車之前，我總得先看看自己的口袋，究竟還剩幾個錢。

一九三六年

（選自《海市集》，上海：上海北新書局，1936 年）

著者簡介

魯迅（1881–1936）

浙江省紹興人。原名周樹人，字豫才，小名樟壽，至38歲，始用魯迅為筆名。文學家、思想家。1918年發表首篇白話小說《狂人日記》，震動文壇。此後18年，筆耕不綴，在小說、散文、雜文、散文詩、舊體詩、外國文學翻譯及古籍校勘等方面貢獻卓著，創作的眾多文學形象深入人心。他的作品有不朽的魅力，直到今天，依然擁有眾多讀者。

代表作品：《朝花夕拾》、《吶喊》、《彷徨》等。

周作人（1885–1967）

原名櫆壽，字星杓，後改名奎綬，自號起孟、啟明、知堂等。魯迅之弟，周建人之兄。周作人精通日語、古希臘語、英語，並曾自學古英語、世界語。其致力於研究日本文化五十餘年，深得日本文學理念的精髓。其筆觸近似於日本傳統文學，以温和、沖淡之筆，把玩人生的苦趣。

代表作品：《藝術與生活》、《苦竹雜記》等。

陳源（1896–1970）

字通伯，筆名陳西瀅，江蘇無錫人。文學評論家、翻譯家。1924年，在《現代評論》雜誌主編《閒話》專欄期間，與魯迅結怨，二人爆發多次筆戰。

代表作品：《西瀅閒話》、《多數與少數》等。

林語堂（1895–1976）

福建龍溪（漳州）人，原名和樂，後改玉堂，又改語堂。一代國學大師，現代著名作家、學者、翻譯家、語言學家。曾多次獲得諾貝爾文學獎提名的中國作家。將孔孟老莊哲學和陶淵明、李白、蘇東坡、曹雪芹等人的文學作品英譯推介海外，是第一位以英文書寫揚名海外的中國作家。

代表作品：《京華煙雲》、《吾國與吾民》、《生活的藝術》等。

老舍（1899–1966）

原名舒慶春，字舍予。因生於立春，取名「慶春」，意為前景美好。上學後，自己更名為舒舍予，意在「捨棄自我」。現代小説家、作家。老舍的語言俗白精緻，他自己説：「沒有一位語言藝術大師是脱離群眾的。」因此，在其作品中，一腔京味兒，很是動人。

代表作品：《駱駝祥子》、《四世同堂》等。

葉聖陶（1894–1988）

原名葉紹鈞，字秉臣，後字聖陶。江蘇蘇州人。著名作家、教育家、文學出版家和社會活動家，有「優秀的語言藝術家」之稱。他的散文或寫世抒情，或狀物記人，或議事説理，一般都有較為深厚的社會人生內容和腳踏實地的精神；藝術上則主要顯示出平淡雋永的情趣和平樸純淨的語言風格。

代表作品：《隔膜》、《腳步集》等。

葉靈鳳（1905–1975）

江蘇南京人。原名葉蘊璞，筆名葉林豐、霜崖等。現代著名作家、翻譯家、出版家和藏書家，作品及趣味帶有顯著海派風格。前半生以小説知名於文壇，是新感覺派陣營一員。後半生在香港着力經營隨筆小品，成就斐然。他是有名的藏書家，嘗自稱枵腹讀書的書痴、愛書過溺的「書淫」。

代表作品：《書淫豔異錄》、《香港方物志》等。

馮至（1905–1993）

原名馮承植，直隸涿州人。詩人，翻譯家，教授。馮至的詩歌、小説與散文均十分出色，魯迅先生曾稱譽他為「中國最為傑出的抒情詩人」。

代表作品：《昨日之歌》、《十四行集》等。

馬南邨（1912–1966）

即鄧拓，原名鄧子健，筆名叫馬南邨、鄧雲特，福建閩侯人。當代傑出的新聞工作者、政論家、歷史學家、詩人和雜文家。

代表作品：《不求甚解》等。

孫犁（1913–2002）

原名孫樹勛，河北省衡水市安平人，現當代著名小説家、散文家，「荷花澱派」的創始人。他的作品清新自然、樸素洗練、柔中寓剛、鮮明秀雅，有一種不可多得的文人氣質。

代表作品：《荷花澱》、《風雲初記》等。

東方望（著者資料從缺）

金克木（1912–2000）

字止默，筆名辛竹，祖籍安徽壽縣，生於江西。著名文學家，翻譯家，梵學研究、印度文化研究家。此外，在中外文化交流史、佛學、美學、比較文學、翻譯等方面也頗有建樹，為中國學術事業的發展作出了突出貢獻。被稱為「舉世罕見的奇才」。

代表作品：《梵語文學史》、《天竺舊事》等。

王力（1900–1986）

字了一，廣西博白人。語言學家、教育家、翻譯家、散文家和詩人。中國現代語言學的奠基人之一，師從梁啟超、王國維、趙元任、陳寅恪等。

代表作品：《漢語詩律學》、《漢語史稿》等。

黃裳（1919–2012）

原名容鼎昌，當代散文家，祖籍山東益都（今青州）人，滿族人。

代表作品：《過去的足跡》。

夏丏尊（1886–1946）

浙江紹興上虞人。名鑄，字勉旃，後改字丏尊，號悶庵。文學家、語文學家、出版家和翻譯家。開明書社創辦人之一，創辦《中學生》雜誌。一生致力於教育，矢志不渝。曾與魯迅先生等參加反對尊孔復古的「木瓜之役」。

代表作品：《白馬湖之冬》、《文藝論 ABC》等。

阿英（1900–1977）

安徽蕪湖人。即錢杏邨，原名錢德富，又名錢德賦。現代著名劇作家、文學理論家、文藝批評家。一生著述豐富，著有詩歌、小說、散文，尤以戲劇成就最高。

代表作品：《李闖王》、《碧血花》、《阿英文集》等。

朱自清（1898–1948）

祖籍浙江紹興，原名自華，字佩弦，號實秋。中國現代文學史上傑出的散文家、詩人。21 歲開始發表詩歌並出版詩集。27 歲時執教於清華大學，研究中國古典文學，創作則以散文為主。其散文名篇膾炙人口，是真正深入街頭巷尾的文學經典，被譽為「天地間至情文學」。

代表作品：《背影》、《你我》、《歐遊雜記》等。

唐弢（1913–1992）

原名唐端毅，曾用筆名風子、晦庵等，生於浙江省鎮海縣。著名作家、文學理論家、魯迅研究家和文學史家。所著雜文思想、藝術均深受魯迅影響，針砭時弊，議論激烈，有時也含抒情，意味雋永，社會性、知識性、文藝性兼顧。

代表作品：《推背集》、《海天集》等。

黃永玉（1924– ）

筆名黃杏檳、黃牛、牛夫子。出生在湖南省常德縣，祖籍為湖南鳳凰縣城，土家族人。現為中央美術學院教授、中國畫院院士。黃永玉被稱作「畫壇鬼才」，也是少有的「多面手」，國畫、油畫、版畫、漫畫、木刻、雕塑皆精通。黃永玉於文學創作亦有成就，數十年來，黃永玉憑不間斷的高質量作品，展示了持續的藝術激情與創新能力。

代表作品：《比我還老的老頭》、《無愁河的浪蕩漢子》等。

許國璋（1915–1994）

浙江海寧人，著名英語教育家、語言學家。世人熟知許國璋，大多是通過他主編的四冊大學《英語》教科書，許國璋的名字與「英語」成了同義語。

茅盾（1896–1981）

原名沈德鴻，字雁冰，浙江嘉興桐鄉人。中國現代著名作家、文學評論家、文化活動家和社會活動家，五四新文化運動先驅者之一。茅盾用一支筆描繪出舊中國人們的生存狀態，塑造出一個個栩栩如生的人物形象，真實再現了歷史變革時期的社會風貌。他臨終前將25萬元稿費捐出設立文學獎，是中國長篇小説創作最具影響力的獎項之一。

代表作品：《子夜》、《風景談》等。

郭沫若（1892–1978）

生於四川樂山，原名開貞，號尚武。現代文學家、歷史學家、新詩奠基人之一。是新文化史上一位百科全書式的文化巨人，在歷史學、考古學、古文字學、古器物學、文學、藝術等方面都有很高的造詣。

代表作品：《女神》、《長春集》等。

宗璞（1928– ）

原名馮鍾璞，生於北京，著名哲學家馮友蘭之女。當代作家。

代表作品：《紅豆》、《紫藤蘿瀑布》、《東藏記》等。

鄭振鐸（1898–1958）

出生於浙江温州，原籍福建長樂。字西諦，書齋用「玄覽堂」的名號。著名作家、學者、文學評論家、文學史家、翻譯家、藝術史家，也是國內外聞名的收藏家、訓詁家。

代表作品：《貓》、《我是少年》等。

課堂外的讀本系列

陳平原、錢理群、黃子平　編

1.	男男女女	魯　迅、梁實秋、聶紺弩　等	ISBN: 978-962-937-385-6
2.	父父子子	魯　迅、周作人、豐子愷　等	ISBN: 978-962-937-391-7
3.	讀書讀書	周作人、林語堂、老　舍　等	ISBN: 978-962-937-390-0
4.	閒情樂事	梁實秋、周作人、林語堂　等	ISBN: 978-962-937-387-0
5.	世故人情	魯　迅、老　舍、周作人　等	ISBN: 978-962-937-388-7
6.	鄉風市聲	魯　迅、豐子愷、葉聖陶　等	ISBN: 978-962-937-384-9
7.	説東道西	魯　迅、周作人、林語堂　等	ISBN: 978-962-937-389-4
8.	生生死死	周作人、魯　迅、梁實秋　等	ISBN: 978-962-937-382-5
9.	佛佛道道	許地山、周作人、豐子愷　等	ISBN: 978-962-937-383-2
10.	神神鬼鬼	魯　迅、胡　適、老　舍　等	ISBN: 978-962-937-386-3